오역하는 말들

오역하는 말들 ○ 황석희 에세이

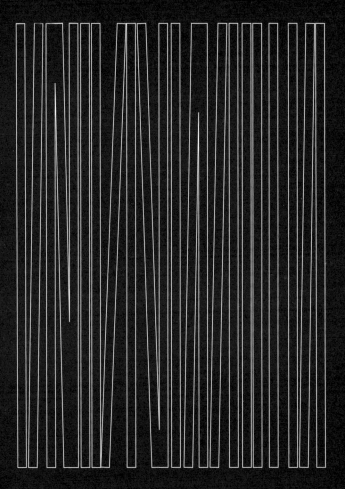

오늘도 일상에서

참 무수한 말들을 번역했을 당신에게

　　번역가로서 가장 무서운 단어를 하나만 꼽으라면 단연 '오역'일 거다. 생각해 보니 '마감'이라고 답할 번역가도 많을 것 같지만 그나마 마감은 돈이라도 주지. 소비자의 오역 지적은 대개 비전문적이라 틀린 주장일 때가 많다. 그러나 드물게 옳은 지적이 화살처럼 날아와 정수리에 꽂힐 때가 있는 것도 사실이다. 경력 초기에는 그럴 때마저 격렬하게 저항하며 내 번역을 두둔하고 온갖 변명을 동원해 편을 들려 했다. 마치 사고 친 자식을 무조건 감싸는 어리석은 부모의 모습 같달까. 틀린 걸 뻔히 알면서도 남들이 내 새끼 욕하는 건 왜 그리 받아들이기 힘들던지. 그런 치기를 버린 지는 오래됐지만 지금도 오역 지적을 받으면 늘 아프고 가끔은 욱한다. 그게 아무리 옳은 지적이라도.

　　번역가에게 오역은 그저 괴롭고 끔찍한 존재에 그치지

않는다. 물론 오역을 실수로 인정하고 유용한 도구로 여길 때 얘기지만. 상사의 일상적인 질책 같은 게 없는 번역가에게 오역은 자기 결과물을 강제로 돌아보게 하는 유일한 수단이다. 속 쓰림이 사라지는 것은 아니지만 내가 보완해야 할 결점들을 지적받은 거라고 생각하면 한결 마음이 편하다. 그것들을 보완하면 보완한 만큼 어제보다 더 나은 번역가가 된다는 뜻이니까. 그리고 내일 마주할 번역 현장에선 어제보다 한 발짝이라도 앞선 자리에서 출발할 수 있다는 뜻이니까. 번역가에게 오역은 이렇게 애증의 대상이다. 도망칠 수 없는 필연적인 저주인 동시에 결국 나를 키우고 자성하게 하는 존재다.

그런데 일상에서 겪는 오역은 이야기가 다르다. 번역 작업과 마찬가지로 일상에서도 섣불리 오역을 저지르면 난처한 일을 겪거나 망신을 당하기도 한다. 이때도 오역을 인정하고 오역에서 배우고 나를 보완하여 다신 같은 오역을 하지 않도록 주의하면 된다. 하지만 이와 정반대로 은근슬쩍, 혹은 적극적으로 오역을 해야 할 때도 있다. 나와 상대를 위해 오역을 도모해야 하는 경우. 일상에선 다정한 오역도 있고 겸손한 오역도 있고 용감한 오역, 초연한 오역, 심지어 현명한 오역도 있다. 그리고 이런 긍정적인 오역 말고 의도적인 오역을 흉기처럼 휘둘러 사람을 죽이거나 부정한 사익을 취하는 오역도 있으니 정말 온갖 오역이 넘치는 세상이다.

아무래도 번역가로 20년을 살다 보니 타인과의 관계도, 세상일도 번역가의 시선으로 보게 된다. 이 책은 대체로 오역에 관한 이야기를 하지만 그렇다고 어학적인 주제를 주로 다루진 않는다. 번역가의 눈으로 본 다양한 오역들, 내가 일상에서 겪은 오역 이야기들을 나누고 싶었다. 그리고 일상의 번역가인 당신들의 오역은 어떠했는지, 그것으로 뭘 느꼈는지도 궁금했다. 가부좌를 틀고 대단한 책을 쓰기보다 그때그때 생각하는 것들에 관해 짧게나마 글을 쓰는 습관이 있어서 그동안 쌓인 글들이 제법 된다. 그 무르고 짧은 글들을 가져다 책에 걸맞은 글로 다듬기도 하고 새로 쓰기도 하면서 또 한 권의 책을 엮었다.

내 오른손 팔목엔 '세상을 번역하다.'라는 타투가 있다. 햇병아리 시절부터 이메일 인장으로 쓰던 문장이다. 별생각 없이 그저 있어 보여 끄적였던 철없는 문장이 훗날 이렇게 크게 다가올 줄이야. 나는 오늘도, 내일도 큰 이변이 없는 한 번역을 할 거다. 책상에 앉아 쌓인 일감을 번역하고,

책상을 벗어나 마주치는 세상을 번역하고. 감히 세상 전부를 완벽히 번역해 내는 일은 없겠지만 말이다. '세상을 번역해 낼 것이다.' 같은 오만방자한 문장으로 타투를 새기지 않은 게 얼마나 다행인지 모른다. 저 문장이 현재형이라 참 좋다. 나는 그저 오늘도, 내일도, 모레도 계속 번역을 한다. 번역하고 오역하고 깨닫고 또 번역하고 오역하고 깨닫고. 이 지긋지긋하고 흥미진진한 순환에서 벗어나고 싶지 않다.

2025년 봄
서승희의 남편, 황윤슬의 아빠
번역가 황석희

contents

S#1 책책책

상상상

앞앞앞 ;

새새새 벽벽벽

화낼 준비가 된 사람들

"한국 사람들은 항상 화낼 준비가 된 사람들 같아요."

어느 술자리에서 한 여행 작가가 말했다. 딱히 애국심이 투철한 것도 아니면서 저 말에 괜한 반발심이 들었다. 한통속으로 싸잡혀 욕먹는 것 같은 기분이랄까. 속으로 씩씩대다 보니 그런 생각이 든다.

'아…… 혹시 이게 화낼 준비?'

그 작가는 직업상 해외를 워낙 자주 들락거리다 보니 한국에 들어올 때마다 느껴지는 고유의 분위기가 있다고 했다. 공항에 들어서면서부터 사람들이 날 서 있다는 느낌을 받는단다. 공항에서 부딪히는 사람들, 공항을 나와 처음 만

나는 택시 기사들, 모두 어딘지 모르게 화낼 준비가 된 사람들인 것만 같다고.

영어에 이런 표현이 있다. 'Give me a reason(이유를 줘).' 다양한 상황에서 쓰이는 표현인데 공격적인 의미로도 사용된다. "내가 널 미워할(때릴, 죽일 등등) 이유를 줘." 같은 식이다. 한국어로 자연스럽게 풀자면 "뭐든 너 오늘 하나만 딱 걸려 봐."이다. 사소하든 크든 구실이 생기자마자 액션을 취하겠다는 뜻이다. 앞에서 말한 '화낼 준비가 된'에 가장 가까운 표현일 거다. '사람들이 날이 서 있고 예민한 것 같고 어딘지 모르게 신경질적이다.'

생각해 보면 그 작가의 말은 단순한 관찰이 아닌 우리 사회에 대한 어떤 진실을 담고 있는지도 모른다. 매일 아침 출근길 지하철에서 만나는 무표정한 얼굴들, 도로 위에서 서로를 향해 경적을 울리는 차량들, 커피숍에서 주문이 조금만 늦어져도 금세 눈살을 찌푸리는 사람들. 이런 일상적인 '화火'야말로 우리 사회의 피곤한 단면을 보여 주는 얼굴이다. 흔히들 한국인은 '빨리빨리' 문화 속에서 살아간다고 한다. 시간은 한정돼 있고, 해야 할 일은 많다. 우리는 어쩌면 그 틈바구니에서 감정을 제대로 소화할 시간조차 없는지도 모른다. 화가 나도 제대로 화를 낼 수 없고, 슬퍼도 제대로 슬퍼할 수 없고, 기뻐도 제대로 기뻐할 여유가 없다. 그저 다음 일을 위해, 다음 목표를 위해 내달리기 바쁘다.

그 와중에 우리는 일종의 방어 기제를 발달시킨 게 아닐까? 화낼 준비를 하는 것, 그것은 어쩌면 나를 보호하기 위한 무의식적 방어 기제일지도 모른다. 남들보다 먼저 화를 내야 상처받지 않는다는 착각, 먼저 공격해야 방어에 유리하다는 계산. 이런 사고방식이 우리도 모르는 새 일상에 깊이 스며들어 있는 것만 같다. 더군다나 한국은 경쟁이 치열한 사회다. 입시, 취업, 승진, 결혼, 육아, 심지어 가난까지 줄을 세우는 나라 아닌가. 삶의 모든 장면이 마치 전쟁터 같다. 그 전쟁터에서 살아남기 위해 우리는 항상 긴장하고, 경계하고, 때로는 공격적인 태도를 취한다. 그런 태도가 마치 폭발 직전의 화산처럼, 언제나 화낼 준비가 된 모습으로 실체화한 것은 아닌지.

그런데 한 가지 생각해 볼 부분은 화낼 준비가 된 상태와 실제로 화를 내는 건 다르다는 거다. 한국 사람은 종종 감정을 억누르는 경향이 있다. 마음껏 폭발하고 터뜨리는 사람도 있기야 하지만 대부분 겉으로 화를 드러내기보다 속으로 삭인다. 그래서 더더욱 화낼 '준비가 된' 상태로 보이는 것인지도 모르겠다. 표출하지 않은 감정들이 은연중에 우리의 표정과 몸짓에 스며 미세하게 드러나는 것처럼.

일본엔 '혼네ほんね'와 '다테마에にたてまえ'라는 개념이 있다. 혼네는 본심, 다테마에는 겉치레를 뜻한다. 그들에겐 본심과 겉으로 드러내는 태도를 구분하는 문화가 있다. 한국에도 비슷한 문화가 없는 것은 아니지만 우리는 그 경계가 아주 흐릿하다. 좋은 말로는 비교적 솔직한 민족이다. 그래서 더 '화를 낼 준비'가 티 나는지도 모르겠다.

'빨리빨리' 문화 속에서는 뒤도 돌아보지 않고 서두르는 사람을 마냥 탓하기도 무안하다. 이렇게 모두가 허겁지겁 뛰는 건 결과적으로 뒤처지는 자에게 아주 가혹한 사회라는 방증이기도 하니까. 한국 사람들은 항상 더 빠르게, 더 강하게, 더 효율적으로 살아야 한다. 여유를 부리는 것은 뒤처지겠다는 선언이다. 이런 사회적 압박이 우리를 늘 준비된 상태로 만든다. 뭐든 준비된 상태로 있다 보니 심지어 화를 낼 준비까지 하고 있는 거지. 장전된 채로 약실에서 초조하게 공이가 날 때려 주기만 기다리는 총알처럼.

내가 그 작가의 말에 반발심을 느꼈던 것도 어쩌면 그

가 간파한 진실 때문일지 모른다. 그래, 우리는 성미 급하고 화도 많은 민족이다. 하지만 내 반발심, 혹은 억울함의 원인은 조금 더 구체적이다. 이곳은 모두가 화를 낼 준비가 되어 있으나 실제로 마음껏 화를 내는 사람이 드문 사회라는 거다. 우리는 대개 자기감정을 후련하게 드러내지 못한다.

한국엔 '화병'이라는 게 있다. 화를 많이 내는 병이 아니라 적절히 표현되어야 할 울화와 억울함 등을 오래 억압하면서 생기는 정신적·신체적 장애다. 다른 나라에도 비슷한 증상은 있으나 형태적·맥락적 측면에서 보자면 이 병은 오로지 한국에만 있다. 글로만 존재하는 병 같지만 실제로 심각한 병이어서 후유증으로 다신 일어서지 못하기도 하고 사망에 이르기도 한다. 미국정신의학회에선 화병을 'Hwa-byung'이라고 음역하며 한국인이 자주 겪는 일종의 분노 증후군이자 문화 관련 증후군으로 분류한다. 단어에서 느껴지는 세월감만큼이나 한국인에겐 오래된 병이라 어쩌면 화병은 민족 특질인가 싶기도 하다. 정말 너무 딱하지 않나. 화를 못 내서 병에 걸리는 민족이라니. 결국 터지지도 못하는 휴화산이면서 기저에선 부글부글 끓고 있는 거다. 이런 화산이 터지면 그야말로 대참사다.

맞다, 우리는 화낼 준비가 된 사람들이다. 민족 특질인지, 속도를 중시하는 한국 사회 분위기 탓인지 몰라도 우리는 늘 화낼 준비가 되어 있다. 하지만 정작 화를 내진 못하고 집에서 이불만 차는 희한한 민족이다.

진의를 애써 감추고 있는 까칠하고 까다로운 문장을 번역할 땐 평소보다 많은 애정을 쏟아 원문을 살펴야 한다. 아무리 실력 좋은 번역가도 겉으로 보이는 문자만 보고 직역하다간 정반대의 오역을 내놓기 일쑤다. 남들은 오역하고 몰라주더라도 우리끼리는 좀 더 애정을 쏟아 서로의 원문을 살펴야 하지 않을까.

화가 들입다 많은 우리끼리는.

화낼 준비를 하는 것, 그것은 어쩌면

나를 보호하기 위한 무의식적 방어 기제일지도 모른다.

남들보다 먼저 화를 내야 상처받지 않는다는 착각,

먼저 공격해야 방어에 유리하다는 계산.

이런 사고방식이 우리도 모르는 새

일상에 깊이 스며들어 있는 것만 같다.

당신의 번역문은 한국어가 아닐 수도

번역할 때 의외로 장애가 되는 것 중 하나는 출중한 영어 실력이다. 영어를 너무 잘하는 사람은 아무리 어색한 번역투 문장도 부자연스럽게 느끼지 않기 때문이다. 그들에겐 영어로도 한국어로도 그저 자연스러운 문장이다.

"You'd better not do it."

이 문장이 경고의 의미로 사용됐을 경우, 대개는 "그걸 하지 않는 게 좋아." 혹은 "안 하는 게 좋을 거야."로 번역된다. 그런데 "그걸 하지 않는 게 좋아."는 물론이고 "안 하는 게 좋을 거야."도 아주 부자연스러운 한국어다. 둘 다 사실상 한국어 구어에는 없는 표현이다. 그러니까 엄밀히 말하면 한국어이자 한국어가 아니다. 상상해 보자. 무심코 방에 들어갔는데 동생이 내 지갑에 손대려는 장면을 포착했을 때 "You'd better not do it."이라는 말을 한국 사람들은 어떻게 할지. "안 하는 게 좋을 거야."라고 할까?

이런 상황에서 유사한 뉘앙스로 가장 흔히 쓰는 경고의 말은 "너 그거 건들기만 해 봐."일 거다. 한국어로 "You'd better not."을 경고의 의미로 쓸 땐 "○○하기만 해 봐." "좋은 말 할 때 ○○하지 마." "○○ 안 하는 게 신상에 좋아." 같은 표현이 일반적이다. "You'd better not."이란 문장 뒤에는 "○○했다간 ○○할 거야."라는 경고의 의미가 생략돼 있기 때문이다. 그런데 번역체가 워낙 흔히 쓰이다 보니 "○○하지 않는 게 좋을 거야."라는 표현이 심심찮게 눈에 띈다. 일반인들이 그렇게 쓰는 거야 어쩔 수 없지만 번역가가 그렇게 생각하면 문제가 된다. 관성적으로 부자연스러운 번역체 문장을 써 놓고도 어색하다는 느낌을 못 받는다는 거다. 영어를 잘하는 사람일수록, 특히 회화를 잘하는 사람일수록 번역체로 옮겨 놓고도 어색함을 잘 모른다. 그들에겐 영어도, 번역체 한국어도 너무 자연스럽게 느껴지니까.

한국어의 포용력은 언어 중에서도 최고 수준이다. 그래서 번역투든 신조어든 쉽게 받아들이고 녹여내 언중에 금

세 익숙해진다. 하지만 더 자연스러운 표현이 이미 존재한다면 굳이 부자연스러운 번역체를 쓸 이유가 없다. 번역체를 쓰면 정확한 뉘앙스가 전달되지 않아 오해가 발생하기도 하고, 불필요한 해석 과정이 필요해 의사소통 속도가 저하되기도 한다. 그리고 어떤 경우엔 토착어가 가진 정서적 함의와 문화적 맥락이 탈각되기도 한다. 여러모로 손해가 크다. 나도 번역 중에 관성적으로 저럴 때가 한두 번이 아니다. 지금 껏 내가 써 온 자막 개수는 어림잡아도 100만 개가 넘는다. 영화 자막만 80만 개가량 되는데 드라마나 다큐멘터리 자막을 따지면 못해도 140만 개 이상은 될 거다. 개봉관 데뷔 전 8년 동안 드라마, 다큐멘터리만 수천 편 작업했기에 사실 훨씬 많은 양의 자막 경험을 그쪽에서 했다. 그렇게 20년째 일상적으로 영어를 다루다 보니 번역체를 써 놓고도 어색함을 못 느낄 때가 많다. 어떤 영문은 너무 많이 본 문장이어서 내겐 거의 한국어나 다름없다. 그래서 계속 나를 단속하지 않으면 별 생각 없이 번역체를 쓰고 넘어가 버린다. 매번 정신을 똑바로 차려야 한다. 지금도 "I'm sorry."가 나오면 "유 감이야."로 휙 써 버리지 않고 머리를 쥐어뜯는 이유가 그래서다. "유감이야."는 앞의 예처럼 한국어이면서 한국어가 아니다. 언중에 의해 사용되지 않는 말은 사실상 사어死語다. 아니구나. 정치인들은 '사과'란 말을 쓸 줄 모르고 굳이 '유감'이란 말만 사용하니 그들에겐 한국어일 수 있겠다.

물론 "○○하는 게 좋을 거야."나 "유감이야."를 자막에 써야 할 경우도 분명히 있다. 앞에 말한 것처럼 정치인의 사과 성명이나 아무리 고민해도 답이 안 나오는 경우. '명복을 빌어', '애도의 뜻을 전합니다', '힘들겠다', '어떡하니', '힘내' 등 대안이 여러 개 있기야 하지만 저런 대안들이 하나도 들어맞지 않는 예가 허다하다. 그럴 때면 머리를 쥐어뜯다가 결국 처절한 패배감을 느끼며 꾸역꾸역 '유감이야'를 쓰고 만다. "넌 번역가 실격이야!" 하고 비명을 지르면서(사실 이 정도로 드라마를 찍진 않는다). 그러니 '절대' 쓰지 않아야 한다는 말은 아니다. 나도 종종 쓴다.

영어를 잘한다고 마냥 번역을 잘할 수 없는 이유엔 이와 같은 것들이 있다. 사람들의 생각과 달리 영어를 잘할수록 유념해야 할 것들이 많다. 영어에 한글 옷만 입힌다고 한국어가 되는 건 아니니까. 한국어로 번역했다는 만성적인 착각은 결국 그 번역가의 발목을 잡아 성장을 막는다. 당신이 한국어로 번역한 문장은 한국어가 아닐 수도 있다.

한국어의 포용력은 언어 중에서도 최고 수준이다.

그래서 번역투든 신조어든 쉽게 받아들이고

녹여내 언중에 금세 익숙해진다.

하지만 더 자연스러운 표현이 이미 존재한다면

굳이 부자연스러운 번역체를 쓸 이유가 없다.

오역에서 해방되는 날

．

관객들을 만나거나 번역 관련 인터뷰를 할 때면 아주 자주 하는 말이 있다.

"제가 번역한 영화를 보시고 오역을 찾으셨다면 오역이 티가 난 것이고 오역을 못 찾으셨다면 오역이 티가 안 난 것 뿐입니다."

번역가라면 이게 겸손을 떠는 말이 아니라는 걸 잘 알 거다. 사실상 모든 번역물에는 오역이 존재한다. 국가 공문 서 번역본에도, 심지어 성경 번역본에도 오역이 있다. "돈 받 고 일하는 프로인데 오역을 내는 게 말이 되냐?"라는 말을 참 많이도 들었다. 그런데 오역은 날파리 같다. 과장을 조금 보태 집을 완전 밀폐해서 진공 상태를 만들어도 여름엔 날파리가 생길 거다. 날파리는 거의 공기 중에서 자연 발생하는 것만 같다. 오역도 그렇다. 오역은 번역문에서 거의 자연 발생한다. 기가 막히게 번역이 잘됐다는 그 어떤 외화를 가져와도 그 안에서 오역을 적게는 세 개, 많게는…… 글쎄, 아주 많이 찾을 자신이 있다. 보통 두 개 정도의 오역은 늘 있다.

OTT 서비스 사들은 모두 오역에 관한 기준이 있다. 하청 업체가 한 편당 2퍼센트 이상 오역할 경우 페널티를 부과하는 게 보통이다. 페널티는 회사마다 달라서 어느 곳은 그 기준을 넘는 결과물이 자주 납고되면 아예 하청 업체 자격을 박탈하기도 한다. 반대로 생각하면 2퍼센트까지는 휴먼 에러라고 판단해 사정을 봐준다는 거다. 2퍼센트가 야박해 보이겠지만 실제론 꽤 높은 수치다. 영화 한 편에 자막이 보통 1,500개쯤 되니까 2퍼센트면 오역을 서른 개까지 봐준다는 뜻이다. 물론 실제로 오역을 저 정도로 꾸준히 내는 업체는 없다. 있다면 번역 회사로서 자격이 없지. 영화 한 편당 오역을 열 개 내면 오역률이 약 0.6퍼센트, 두 개 내면 약 0.13퍼센트다. 하나의 프로젝트에서 오류율 0.13퍼센트. 관객들은 납득하지 않을지도 모르지만 이 정도면 훌륭한 수치다. 예전에 어느 편집자가 그런 얘길 했다. 책에 오타가 있는 건 지구에 나무가 있는 것처럼 너무나 당연한 거라고. 이런 얘길 하면 프로 의식이 없다거나 잘못을 가볍게 여긴다고 생각할 수도 있지만 꼭 그런 건 아니다. 오타든 오역이든 그게 뭐든 직업인의 실수는 그들에게 늘 뼈아프고 민망하고 송구하고 죄스러운 존재다. "실수 하나쯤 나올 수도 있지!"라고 하는 사람은 없다. 자괴감에 땅을 파고 지구 핵까지 들어가는 사람은 있을지언정.

그런데 이런 '자연의 섭리'를 무시하고 오역이 아예 없는 경우도 있다. 번역가가 오역에서 완전히 해방되는 경우. 바로 원작자와 모든 문장을 같이 논의하는 케이스다. 평생 그런 복을 누릴 수 있는 번역가는 몇 안 된다. 나는 평생 운을 다 쓴 것인지 그런 복을 여러 번 누렸다. 애플TV 드라마 〈파친코*Pachinko*〉를 작업할 땐 작품의 총괄 제작자*showrunner*이자 메인 작가인 수 휴*Soo Hugh*와 모든 대사를 논의했고 〈리틀 드러머 걸*The Little Drummer Girl*〉, 〈동조자*The Sympathizer*〉를 번역할 땐 박찬욱 감독과 모든 대사를 논의했다. 영화 〈비공식작전〉은 김성훈 감독과 〈PMC: 더 벙커〉는 김병우 감독과 논의했다. 그리고 해외 뮤지컬을 라이선스로 번역할 땐 대부분 원작자나 해외 연출자와 논의한다. 이렇게 원작자들과 일을 할 땐 내 오류를 모두 현장에서 잡을 수 있기 때문에 검토를 게을리하지 않은 이상 사실상 오역에서 해방되는 셈이다.

특히 〈파친코〉처럼 번역자가 원작자보다 작품의 배경인 한국에 대한 이해도가 높을 땐 오히려 잠재적 번역문보다 원문이 오역인 경우도 있다. 원문이 오역이라는 건 말이 안 되지만 일단 설명을 위해 이렇게 쓰자. 내가 받은 원문 중엔 이런 문장이 있었다. 배경은 일제 강점기의 부산, 한 캐릭터가 김치를 보고 군침을 흘리며 하는 말이다.

"For me, unripe kimchi is number one.
You can still taste the green buds of the garlic."
(내겐 덜 익은 김치가 최고야.
마늘의 푸른 싹 맛을 여전히 느낄 수 있으니까.-직역)

작가와 의견을 교환하는 과정에서 마늘 싹 맛이 정확히 뭘 의미하느냐 반문했다. 내가 알기로 덜 익은 김치를 먹으면서 마늘의 싹 맛을 얘기하는 한국인은 없다. 분명 작가가 김치를 잘 모르는구나 싶었다. 덜 익은 김치가 어떤 맛인지, 그걸 좋아하는 사람들은 덜 익은 김치의 어떤 특성을 좋아하는지 모르는 거다. 그래서 덜 익은 김치를 좋아하는 사람이 할 법한 한국어 대사를 쓰고 어떤 뜻인지 영어로 설명했다. 내가 다시 쓴 대사는 다음과 같다.

"내는 이 덜 익은 김치가 최고 좋드라.
알싸하이 마늘 맛이 살아있다 아이가."

'알싸하다'라는 뜻을 설명하는 것도 쉽지 않았지만 수휴는 그리 고집스러운 작가가 아니었기에 반드시 고집을 부려야 하는 부분이 아니면 내 의견을 대부분 반영해 줬다. 그 뒤, 주인공 선자의 엄마 양진이 떠나는 선자를 위해 마지막으로 쌀밥을 먹이려고 하는 장면이 있다. 쌀집 주인은 쌀을 팔았다가 일본 순사들에게 들키면 경을 친다며 손사래를 친다. 그때 양진이 하는 말이다.

"She'll be leaving soon, to follow her
husband to Japan. I don't have much to
offer them in terms of a dowry, but—I
want to give her this. A taste of her own

country before she leaves home, possibly

forever. Two bowls. That's all I ask."

(딸이 곧 남편을 따라 일본으로 갑니다.

혼수 지참금으로 해 줄 것이 별로 없지만

이건 주고 싶습니다. 조국의 맛을

고향 떠나기 전에, 어쩌면 영영 떠나기 전에

보여 주고 싶습니다. 두 사발. 그거면 됩니다.-직역)

이 대사의 경우 '조국(고향)의 맛(A taste of her own country)'이라는 게 너무 클리셰로 읽혔다. 번역문으로 어떻게 쓰더라도 한국인의 감성이 묻질 않았다. 그래서 저 부분도 의견을 냈다. '쌀 맛'이라고 쓰든지 '흰 쌀밥 맛'이라고 쓰든지 해야 한다고. 자고로 한국에서 엄마+밥 조합은 무적의 눈물 치트키다. 게다가 헤어지는 엄마가 해 주는 쌀밥 맛인데? 결국 의견이 반영된 번역문은 다음과 같이 나왔다.

"우리 딸내미 쪼매 있다가 신랑 따라

일본 갑니더. 지가 짜달시리

뭐 해 줄 행팬도 못 되고……

우리 땅 쌀 맛이라도 뵈 주고 싶습니더.

그거라도 맥이가 보내고 싶어예.”

이렇게 한국적인 감성을 설명하고 의견을 추가한 부분
들이 있지만 이 대사 바로 다음 대사처럼 심지어 원문과 의
미가 다른데도 내 의견을 받아 준 부분들도 있다. 다음은
양진의 말을 듣고 한참을 고민하다가 쌀 세 홉을 가져온 쌀
집 주인 할아버지의 대사다.

“Three bowls. Perhaps the taste of it will

swallow some of your sorrow as well.”

(세 사발이다. 어쩌면 이것의 맛이

너의 슬픔도 어느 정도 삼킬 것이다.-직역)

이 문장은 문화적인 차이인지 이해가 되질 않아서 몇
번을 묻고도 납득이 안 됐다. 머리로는 이해가 되는데 가슴
으론 받아들여지질 않는다. 양진이 바란 건 쌀 두 홉이었고
주인이 준 것은 세 홉, 그러니까 양진도 같이 밥을 지어 먹
으라는 뜻이다. 그 맛이 양진의 슬픔도 어느 정도 상쇄해 줄

것이라는 말. 다른 것보다, 맛이 슬픔을 삼킨다는 표현이 도 저히 와닿질 않았다. 어떤 감정이나 느낌이 슬픔을 삼킨다 는 문학적 표현도 있을 수 있겠지만 맛이 슬픔을 삼킨다는 건 아무래도 어색하다. 그래서 맛을 빼는 게 낫지 않겠냐는 의견을 올렸다. 문장은 어르신의 토닥임처럼 청유형이나 권 유형으로 바꾸고. 결과는 다음과 같다.

"세 홉이데이. 선자 어매도 무믄서
설움 쪼매 삼키라이."

하나뿐인 딸을 이역만리로 떠나보내는 심정은 슬픔보다 는 설움이고, 그 설움은 맛 따위가 상쇄할 수 있는 것이 아 니며 어미가 끄억끄억 입을 막아 가며 억지로 삼켜야 하는 감정이다. 그 설움을 밥과 함께 넘겨 버리라는 거다. 원문과 는 다르지만 작가가 내 설명을 납득해 원문을 고쳐 줬다. 사 실 원작자의 위상이면 번역가가 뭐라고 하든 본인의 문장을 고집할 수 있다. 번역가의 의견이 어떻든 작가의 의도와 다 른데 어쩌라고. 그런데 수 휴는 번역가가 한국어로 예쁘게, 자연스럽게 쓸 표현이 없다고 투정을 부리면 원문을 새로 써 줄 정도로 예외적이고 적극적인 협조자였다. 원문을 새로 써 주다니 번역가가 평생 꿈도 못 꿀 호사다. 아마 평생 그런 호사는 다시 못 누려 볼 거다. 물론 반대로 내가 아무리 설득해도 먹히지 않고 작가가 아주 어색한 직역투를 고집해 내가 두 손 든 부분도 많다. 아쉽긴 하지만 내 글이 아니라 작가의 글이니까. 그리고 어른 세계에선 거래를 하는 법이니까.

시즌2는 일정상 내가 하지 못했고 대신 아주 신뢰하는 번역가를 소개했다. 그런데 건너건너 들어 보니 번역가와 수휴 사이에 형식적인 단계가 많아져서 나처럼 의견을 교환하는 건 꿈도 못 꾼 모양이다. 단계가 늘어나고 중간에 몇 사람이 더 끼기 시작하면 책임 소재를 따져야 하기 때문에 작업이 보수적일 수밖에 없다. 그들 모두가 스타플레이어로 꾸려지는 일도 드물고. 그 스트레스를 생각하니 안 한 게 다행이다 싶기도 하고.

나는 고생을 덜 하는 작업을 원하는 게 아니라 고생을 해도 좋은 결과물이 나오는 걸 원하는 편이다. 아마 시즌1을 작업할 때처럼 원작자와 일대일 페어로 일할 수 있는 기회는 평생 오지 않을 가능성이 크다. 고되긴 했어도 정말 즐거웠는데 다신 못 올 날이라고 생각하니 괜히 아쉽다.

번역가가 오역에서 완전히 해방돼 날아다닐 수 있는 날
이 언제 또 오겠어.

오타든 오역이든 그게 뭐든 직업인의 실수는

그들에게 늘 뼈아프고 민망하고 송구하고 죄스러운 존재다.

볼품없고 왜소한 정역

2008년쯤, 경력이랄 것도 딱히 없던 시절. 그때 내 소원은 영화도 아니고 드라마를 한 편 작업해 보는 거였다. 한 시즌도 아니고 딱 한 편. 〈프리즌 브레이크*Prison Break*〉, 〈24〉, 〈로스트*Lost*〉 등 미국 드라마 붐이 일어서 케이블TV 어느 채널을 봐도 미국 드라마가 나왔다. 아마 그때가 영상 번역계의 첫 번째 호황이었을 거다. 여기저기 케이블TV 채널들이 개국하기 시작하면서 채널마다 앞다퉈 미국 드라마를 유치했다. 미국 드라마만이 아니라 버라이어티 쇼나 다큐멘터리 등 외화 물량이 쏟아졌다. 일감이 늘면서 몇 십 명 되지도 않던 영상 번역가의 수가 자연스레 몇 배로 불었고 번역 회사도 우후죽순 생겨났다. 한동안은 마냥 좋았으나 여느 업계와 마찬가지로 경쟁이 심화되자 번역 회사들은 질세라 덤핑에 덤핑을 쳐서 헐값에 일을 수주하기 시작했고, 그 손해

분을 만만한 프리랜서 번역가들에게 전가했다. 노조도, 협회도 없고 사회적 안전망도 없는 번역가들은 그저 앉아서 당할 수밖에 없다. 그래도 허덕일 정도로 일이 많은 게 어디냐며 서로를 위로했다. 어찌 됐건 일이 아예 없는 것보단 나으니까.

나도 마찬가지로 일에 치였다. 늘 일이 많았고 하루하루 일을 쳐 내기 바빴다. 하지만 경력이랄 것도 없는 번역가에게 주어지는 일이라는 게 뻔해서 가장 낮은 단가에 가장 기피하는 일을 받아야 했다. 대부분 말이 엄청나게 많은 버라이어티 쇼나 온갖 다큐멘터리들이다. 무슨 다큐멘터리가 그렇게 많냐고 하겠지만 우리가 평생 보지도 못하는 다큐멘터리들이 별의별 채널에서 다 나온다. 국방TV(현 KFN TV), 국회방송 등등 이전까지는 들어 본 적도 없는 채널들에서 다큐멘터리를 방송했다. 그렇게 지긋지긋하게 다큐멘터리만 작업하다 보니 어느샌가 업계에서 다큐멘터리 전문 번역가로 불렸다. 이내 인지도가 좀 있는 내셔널지오그래픽, 디스커버리의 다큐멘터리를 하게 됐고, 그 후로 1년 반 동안 다큐멘터리 작업만 했다.

당시 내셔널지오그래픽을 전담하다시피 했던 번역가는

나 포함 세 명이었다. 그중 여성 번역가는 〈와일드*Wild*〉라는 동물 다큐멘터리를, 나와 다른 남성 번역가는 재난, 재해, 기술, 공장, 과학 같은 주제의 다큐멘터리만 작업했다. 〈와일드〉는 비교적 대사가 적다. 내레이터는 한참 동안 한 마디도 하지 않고 동물을 관찰하다가 이런 멘트를 불쑥 뱉는다.

"아프리카 오리너구리가 짝짓기를 시작합니다."

그리고 또 한참을 지켜본다. 부럽다. 그사이, 내가 작업하는 다큐멘터리는 대사를 서른 마디쯤 뱉었을 거다. 극도로 흥분한 톤을 유지하면서.

다큐멘터리는 대부분의 번역가가 기피하다 보니 은근 틈새시장이라 일이 끊이지 않았다. 한번 다큐멘터리 전문 번역가라는 평판이 붙으면 일은 지겨울지언정 안정적으로 할 수 있다. 드라마 한 편을 작업해 보는 게 소원이었지만 어디서도 내게 드라마를 맡겨 주지 않았다. 달라고 떼를 써도 다큐멘터리만 올 뿐이었다. 당연했다. 내게 드라마를 줘 버리면 흔치도 않은 다큐멘터리 번역가를 다시 찾아야 할 테니까. 매번 다큐멘터리를 작업할 때마다 다짐했다. 100편만 채우면 다 접고 드라마 일을 구하자. 200편만 채우면 다 접고 드라마 일을 구하자. 300편만 채우면, 400편만 채우면…… 그러다 정신을 차렸을 때는 거의 500편을 작업한 후였다. 이대론 평생 다큐멘터리만 작업할 것 같아 그제야 애써 쌓아 둔 모든 클라이언트를 다른 다큐멘터리 번역가에게 넘기고 황야로 나왔다.

그렇게도 벗어나고 싶던 다큐멘터리 감옥이었지만 그래도 정말 좋았던 순간이 있다. 매 작품이 끝나면 메일을 발송하자마자 반드시 하던 루틴. 내 이력서를 업데이트하는 거다. 구체적으로 말하면 이력서에 첨부하는 경력 페이지를 업데이트했다. 경력이 대단찮았기에 그곳에 한 줄, 한 줄 늘려가는 게 그렇게 좋을 수가 없었다. 경력 페이지는 한 줄씩 늘어 가다가 어느새 두 장이 되고, 석 장이 되고, 수장이 됐다. 경력 페이지 늘리는 재미를 얼마나 좋아했냐면 다큐멘터리 한 시즌을 작업해도 그 시즌을 죽 펼쳐서 각 에피소드의 제목을 한 줄, 한 줄 적었을 정도다. 예를 들어 〈사상 최악의 참사 시즌2〉 같은 시리즈가 있다면 다음과 같이 적는 거다 (에피소드 명은 임의다).

<사상 최악의 참사 시즌2>

+ 히말라야에서 조난당한 등반가

+ 심해 잠수함의 악몽

+ 납치된 여객기

+ 여객선을 공격하는 고래 떼

+ 24시간 작업한 번역 파일을 날려 먹은 번역가

...

일일이 펼쳐서 제목으로 적는 게 궁색하긴 해도 한 줄, 한 줄 쌓아 가는 재미가 얼마나 쏠쏠했다고. 사실 웃을 일이 없던 시절이다. 일을 하면 할수록 자괴감이 들었다. 나이는 먹어 가는데 뭐 하나 이룬 것 없이 근근이 밥벌이만 하고 있고, 주위에선 백수로 보고, 같이 시작한 친구들은 하나둘 경력을 쌓아 더 좋은 일들을 하고 있는데 나만 계속 제자리고, 까마득한 대학 후배들도 하나둘 임용고시를 통과해 교사가 되고, 영화 번역은커녕 드라마 번역도 한 편 못 하고 있는. 번역료라고 받아 봐야 월세를 내고 나면 식대도 모자랐다. 가장 최악인 건 이 생활을 몇 년을 더 해야 할지 아예 모른다는 거였다. 그렇게 숨통이 틀어막힌 와중에도 쌓여 가는 경력 페이지를 보면 작게나마 숨이 쉬어졌다. 그러고 나면 또 그 다큐멘터리 감옥으로 자진해서 걸어 들어갈 수 있었다. 어쨌건 뭔가를 쌓아 가고 있다는 증거니까. 나처럼 자기 의심이 많은 사람은 자괴감에 시달릴 때면 평소보다 나를 더 모질게 괴롭힌다.

'네가 지금껏 한 게 뭐가 있느냐, 네 능력이라 봐야 고작 이 정도다, 네가 해 온 일들은 아무 가치도 없다, 주제 넘는 꿈꾸지 말고 관둬라.'

그럼 이미 지칠 대로 지친 나는 그 얘길 곧이곧대로 믿으려 든다. 아마도 모든 죄를 자진해서 뒤집어쓰는 자기혐오가 내 일이 안 풀리는 까닭을 찾는 가장 쉬운 방법이기 때문일 거다. 단순히 내가 못났기 때문이라고 해 두면 고민할 것도 괴로워할 것도 없다. 그대로 놓아 버리면 그만이니까. 그런 목소리에 귀 기울이다 보면 지금까지의 여정을 심하게 오역해 버린다. 내가 쌓아 온 것들을 까맣게 잊고 그저 나를 탓한다. 그게 쉬우니까. 나를 때리는 게 가장 만만하니까.

그럴 때 나를 붙들어 준 게 저 궁색하고 구차한 경력 페이지다. 행간까지 슬쩍 키워 페이지 수를 늘려 놓은 초라한 경력 페이지. 나에 대한 의심이 들 때면 허겁지겁 컴퓨터 폴더를 뒤져 그 페이지를 찾아 읽었다. 마치 디즈니 만화 〈욕심쟁이 오리 아저씨*Duck Tales*〉의 스크루지가 불안할 때마다 금고로 뛰어들어 돈 사이에서 수영을 하듯이. 대단할 것 없는 경력이었지만 한 줄씩 빼곡히 내 경력이 적힌 페이지를 보면 그제야 불안이 가라앉았다. 내일도 한 편을 보내면 한 줄이 늘어 있겠지, 그렇게 한 줄씩 될 때까지 쌓다 보면 뭐라도 되긴 하겠지, 하고. 분명 계획대로 뚜벅뚜벅 가고 있으면서도 가끔 포기하고 싶은 마음이 들면 모두 부질없는 짓이었다며 의도적으로 내 여정을 오역했다. 지쳐서, 다 놓고 쉬고 싶어서. 다시 내 원문을, 내 여정을 꼼꼼하게 확인하고 정역해 봐야 그 정역이 너무나 보잘것없을 게 뻔하니까. 또 그 정역에 실망할 게 뻔하니까.

맞다. 그렇게 나온 정역은 궁색하고 보잘것없고 대단찮다. 그런데도 결국 날 붙들어 주는 건 그 볼품없이 왜소한 정역이다. 기를 쓰며 기어이 하나하나 쌓아 온 여정임을 증명하는 정역. 아무도 나를 믿어 주지 않을 때면 나라도 나를 다독이고 믿어야 하는데 다시 말하지만 나처럼 의심이 많은 사람은 마냥 나를 믿을 수가 없다. 그럴 때 필요한 것은 대단한 위로나 근거 없는 낙관이 아니라 실질적인 증거다. 아주 사소한 것이더라도 열심히 살아왔음을 증명하는 증거. 아주 볼품없고 하찮은 것이더라도 나를 자꾸만 못난 놈이라고 말하는 못된 나에게 이것 보라며 들이밀 증거가 필요한 거다. "기록이 보여 주리라. 내가 버텨 왔음을(The record shows I took the blows)." 프랭크 시나트라*Frank Sinatra*도 ⟨My Way⟩에서 불렀듯이 내게 보여 줄 기록이 필요하다.

아무리 볼품없더라도 작은 증거들을 모아 가기를. 애써 바둥거려도 나 혼자만 나아가지 못하고 제자리인 것 같을 때, 그 결정적인 자학의 순간에 그것들이 내 최후의 버팀목이 될는지도 모르니까.

분명 계획대로 뚜벅뚜벅 가고 있으면서도

가끔 포기하고 싶은 마음이 들면

모두 부질없는 짓이었다며

의도적으로 내 여정을 오역했다.

지쳐서, 다 놓고 쉬고 싶어서.

칼각에 집착할 나이

2010년쯤이었을까. 폭스 채널이라는 케이블TV 채널에서 〈NCIS〉라는 미국 드라마를 번역할 때다. 2013년, 개봉관 번역을 하기 전까진 8년쯤 케이블TV 채널에 나가는 미국 드라마와 다큐멘터리 번역 작업만 했다. 영상 번역계에선 한 작품의 다음 시즌도 이전 시즌을 작업한 번역가에게 맡기는 일이 많다. 그래야 번역의 일관성을 유지하기 쉬우니까. 〈NCIS〉는 내가 시즌1, 2를 작업해서 시즌3도 당연히 내게 의뢰하겠거니 했지만 내가 다른 작업으로 바쁘다는 이유로 다른 번역가에게 맡겨졌다. 속이 상했다. 한 달 밤을 새워서라도 하겠다고 조르고 우겨 봤으나 끝내 나에게 오진 않았다. 속상해도 어쩌겠어. 클라이언트의 맘이지. 그러다 2주쯤 지났을까. 시즌3를 새로 맡은 번역가가 캐릭터 어투 설정이 어렵다며 두 손 들었다. 다른 번역가가 50편 가까이 잡아 둔 어투를 흉내 내는 건 쉬운 일이 아니다. 결국 클라이언트는 스케줄을 조정해 다시 내 손에 맡겼다. 거기에서 멈췄으면 해피엔딩이거늘 이 젊고 철없는 돌아이 번역가는 클라이언트에게 항의의 뜻으로 시위를 하기로 했다. 〈NCIS〉 같은 수사물은 한 편에 자막이 1,000개쯤 되는데 다시 받은 시즌 첫 편의 모든 자막을 강박적으로 고정된 틀에 맞춰 보내기로 한 거다. 그 방식은 다음과 같다(임의로 쓴 자막이다).

당신은 어젯밤에
어디서 뭘 했지?

잠시 어머니를 만나서
극장에 다녀왔습니다!

정말 황당한 변명이군
지나가는 개가 웃겠어

영상 번역에서 글자는 하나에 1바이트^{byte}, 빈칸과 구두점도 1바이트로 센다(자막 제작과 텍스트 데이터 처리에 관련

된 말이니 이쯤만 알고 넘어가자). 그러니까 일단 앞 예문의 '당신은 어젯밤에'는 15바이트다. '어디서 뭘 했지?'도 15바이트. '정말 황당한 변명이군'은 20바이트, '지나가는 개가 웃겠어'도 20바이트. 이렇게 위아래 두 줄의 바이트 수를 일치시키면 자막 형태가 좌우 칼같이 들어맞는 정확한 직사각형이 된다. 1바이트라도 어긋나면 위아래 줄의 좌우가 아주 미세하게 비틀린다. 저런 미친 짓을 드라마 한 편, 자막 1,000개에 했다. 그것도 위아래 줄을 의미 단위로 끊어 가면서. 기계적으로 위아래 줄의 바이트 수를 맞추는 건 그리 어렵지 않다. 다음과 같이 기계적으로 끊어 줄 바꿈 하면 되니까.

　　당신 컴퓨터 폴더 좀 청소 = 24바이트
　　해야겠단 생각은 좀 들죠? = 24바이트

　　이걸 강박적으로 위아래 자막 모두 의미 단위로 끊어 줄 바꿈 하면 다음과 같다.

　　당신 컴퓨터 폴더는 = 18바이트
　　청소 안 할 거예요? = 18바이트

물론 이렇게 미친 짓을 하면 작업 시간이 몇 배가 된다. 반나절이면 할 작업을 꼬박 이틀 걸려 해서 보냈다. 작업 시간만이 아니라 저 짓을 하느라 평소만큼 자연스러운 번역을 하지 못한다. 잘 쳐 줘도 평소 번역 질의 8할쯤 되려나. 이게 무슨 쓸데없이 비효율적인 짓, 시쳇말로 '뻘짓'이냐고 하겠지만 내 딴엔 시위였다. 난 이렇게 강박적인 수준으로 예쁘게 해서 보낼 수도 있는데 왜 날 안 썼느냐는 시위. 정말 어지간히 철없고 못나고 정신 나간 인간이다. 이건 시위가 아니라 광기다. 게다가 아주 프로답지 못한 짓이기도 하다. 터무니없는 이유로 실력을 과시하려고 번역의 질을 훼손하다니 있을 수 없는 일이다. 게다가 이렇게 작업해서 보내면 어느 클라이언트가 "우아! 정말 대단하십니다. 우리가 몰라 뵀습니다!" 하냐고. 너무나 당연히도 클라이언트는 일언반구도 없었다. 아마 자막 포맷이 강박적으로 맞춰져 있다는 것도 몰랐을 거다. 번역가로서의 미성숙한 에고가 하늘까지 부풀어 있던, 변태 같은 너나 알지. 얼마 후, 짐작은 했지만 허탈하게도 "다음 에피소드는 언제쯤 받을 수 있을까요?"라는 메일만 왔다.

그 후로는 위아래 줄을 강박적으로 맞추진 않았지만 두

세 글자 이내로 맞추려는 고집은 오래갔다. 자막 형태에도 미학이 있다고 생각하던 때였으니까. 지금은 반드시 형태를 맞추려 들진 않는다. 어떨 땐 윗줄이 아주 짧은 삼각 형태고 어떨 땐 아랫줄이 짧은 역삼각 형태다. 요즘은 기계적으로 정해진 아름다운 모양새에 집착하기보단 의미가 자연스럽게 들어오는 가독성 지향의 형태를 선호한다. 그깟 모양새 좀 안 예쁘면 어떤가 싶어서. 자막의 질을 떨어뜨리면서까지 모양새에 집착하는 건 원문의 본질을 훼손한다는 점에 있어 의도적인 오역과 다를 바가 없다. 젊어서 부린 객기라 지금 떠올리면 창피하고 우습기도 하지만 그깟 일에 광기어린 집착을 보이던 파릇파릇한 번역가의 혈기가 그립기도 하다. 결과적으로 그런 객기와 집착은 지금 내 번역에 도움이 됐을까?

고백하건대, 이제 그런 칼각의 자막을 의도적으로 만들진 않지만 어쩌다 우연히 자막 서너 개가 그렇게 칼각으로 맞으면 다음 자막을 몇 번씩 썼다, 지웠다 할 때가 있다. 딱 요놈까지만…… 맞춰 봐?

〈데드풀〉 번역가라 미안해

영화 〈데드풀Deadpool〉 번역가로 가장 많이 받는 오해는 유머러스한 번역을 잘할 거라는 편견과 억지로 여기저기 웃음 포인트를 넣는다는 편견이다. 내겐 효자 같은 영화라 늘 고맙게 생각하지만 〈데드풀〉 1편이 나온 지 벌써 10년 가까이 흘렀는데도 '〈데드풀〉 번역가'라는 수식어는 여전하다. 얼마 전 MBC 예능 프로그램 〈전지적 참견 시점〉을 촬영할 때도 소개와 진행자들의 반응에 조금 당황스러웠다. 10년 전 작업물들이 화면에 뜨면서 〈데드풀〉과 〈스파이더맨: 홈커밍 Spider-Man: Homecoming〉에서 센세이셔널한 자막을 보여 준 번역가라는 소개가 나왔다. 틀린 말은 아니지만 엊그제 개봉한 작품처럼 얘기하는 걸 보니 어떻게 반응해야 할지 모르겠더라. 진행자들도 마치 저번 주에 극장에 가서 그 영화들을 보고 온 것 같은 반응으로 나를 맞았다. 〈데드풀〉이나 〈스파이

더맨: 홈커밍〉…… 정말 고마우면서도 10년 전 작업이 이렇게 언급되는 게 맞나 싶기도 하고. 인지도로 감히 비할 바는 아니지만 요즘 어느 프로그램에 출연한 강호동 씨를 진행자가 소개하며 "〈1박 2일〉의 맏형으로 유명하시죠. 강호동 씨!" 하는 것 같달까. 아마 강호동 씨도 머릴 긁적이지 않을까.

〈데드풀〉 번역가라는 이미지 때문인지 아직도 유머러스한 번역, 센 번역을 하는 번역가로 인식되는 경향이 있다. 그런 인식은 간혹 내가 일부러 번역에 유머를 넣는다는 오해로 이어지기도 한다. 나와 작업해 본 클라이언트들에게 증언을 청할 수도 없고 말이야. 그들은 잘 알겠지만 난 대본을 초월하는 뭔가를 번역으로 만들어 내는 걸 아주 꺼리는 번역가다. 원문보다 더 재밌게, 더 차지게 써 달라는 클라이언트의 요청이 있더라도 자제하는 게 작품에 좋다고 오히려 뜯어말리는 쪽이다. 그래도 클라이언트가 고집을 피우며 요청한다면? 해야지, 뭐. 돈 받는 프로가 별수 있나.

영화나 공연이나 내가 하지 않았던 작품의 재번역을 하는 경우가 종종 있는데 이럴 때면 관객에게 그런 오해를 더 자주 받는다. 이번 재번역으로 인해 유머러스한 장면이 너무 많아진 것 아닌가 하는. 연극 〈클로저Closer〉 때도 듣던 소리고 뮤지컬 〈틱틱붐*tick, tick... BOOM!*〉이나 〈원스*Once*〉도 마찬가지다. 황석희라는 번역가가 가진 이미지 때문일까 억지로 유머를 끼워 넣었다고 생각하는 관객들이 꽤 있다. 그런데 앞에 말했다시피 난 대본을 벗어나는 유머를 아주 싫어하는 타입이다. 관객은 원작자의 위트를 보러 오는 거지, 번역자가 어떤 위트를 창조했는지 궁금해서 오는 게 아니다. 확실하게 말할 수 있는 것은 영화든 공연이든 내 번역본에서 유머로 읽히는 부분을 봤다면 십중팔구는 대본이 그렇다는 거다. 나머지 하나는 작품의 선장 격인 연출자의 요청 정도지. 나는 다행스럽게도 대본에 숨은 위트나 유머의 뉘앙스를 제법 잘 읽는 편이다. 감이 좋다기보다 순전히 대본을 많이 봐온 까닭이다. 경험이 20년쯤 되는 번역가면 대체로 영어권에서 널리 쓰이는 위트의 패턴과 표현에 익숙하다. 그도 그럴 것이 수천 편을 봤으니까.

가령 이번에 재연으로 올라온 뮤지컬 〈원스〉에서 여주인공 'Girl'(여주인공의 이름이 따로 없이 Girl이다)이 은행 대출 매니저에게 웅변하듯 대사를 쏟아내는 장면이 있다. 이번 프로덕션에서는 유머로 기능한다. 특별히 따로 내가 의도한 게 아니라 대본이 그렇다. 딱히 웃긴 표현이 들어 있는 대사는 아니지만 내 눈엔 너무나 당연한 유머다. Girl은 작품 내 내 영어를 아주 서툴게 구사하는 체코 이민자다. 아버지가 날 가르쳤다는 말도 'He teach me'라고 한다. 의미상 과거형 'taught'를 써야 하지만 그 쉬운 시제를 틀린다. 게다가 현재형을 쓸 거였으면 3인칭 표현인 'teaches'로 써야 하지만 그마저 틀리는 사람이다. 그런데 은행 매니저 앞에서 우리에게 대출을 해 줘야 하는 이유를 강변할 땐 그 긴 독백을 문법 하나 틀리지 않고, 심지어 고급 표현까지 넣어 가며 한 번도 절지 않고 말한다. 번역된 대사는 다음과 같다.

"이토록 작은 섬나라에서 수많은 시인과
작가와 음악가들을 배출했다는 게 실로
경이로운 일이 아닐 수 없습니다. 대서양
한가운데 자리 잡은 이 고고한 섬은 수세기에
걸쳐 인간 존재의 본질을 언어와 선율로
승화시킨 위대한 예술가들의 요람이 되어
왔습니다. 예이츠, 조나단 스위프트, 오스카
와일드, 사무엘 베케트, 제임스 조이스, 밴
모리슨, 엔야를 비롯해 리버댄스라는 찬란한

문화유산을 세계에 선사한 예술가들까지.

하지만 이 찬란한 유산은 바로 선생님

같은 분들의 안목과 투자가 있었기에

가능했던 것입니다. 아일랜드의 문화적

생명력을 세계에 입증하는 것, 그것이 바로!

선생님께 주어진 시대적 소명이라 할 수

있을 것입니다. 외치셔야 합니다. 아일랜드는

살아 있다! 아일랜드에 투자하라!"

이런 경우면 번역자는 대사에 웃긴 표현이 들어 있지 않더라도 이 대사를 유머로 인식한다. 둘 중 하나겠지. 원작자가 극적 과장을 이용해 쓴 코믹 릴리프*comic relif*거나 Girl이 어제 이 상황을 가정하고 밤새 달달 외워 온 말이거나. 해외 연출자에게 물어보기론 전자다(개인적으론 후자라고 믿고 싶기도 하지만). 번역가는 영어에 서툴던 캐릭터가 여기서 이렇게 기관총처럼 적확하게 말한다는 점을 관객에게 어필해야 한다. 그래서 이 장면을 유머러스하게 느끼도록 유도해야 한다. 그렇다고 대사를 개그 콘서트 대본처럼 쓸 순 없다. 일부는 과장으로, 일부는 어투의 변경으로 의도만 살게 번역하는 거지. 재밌게도, 또 감사하게도 우리 Girl들은 대사 톤이나 제스처, 어미 변형 등으로 각자 나름의 장치를 추가해 무대에서 그 의도를 증폭한다. 그리고 그 시도는 관객에게 적중했다.

대사가 선정적이고 독하다고 소문난 연극 〈클로저〉도 사실 텍스트를 보면 김기덕 감독이 아니라 홍상수 감독 영화에 가까운 작품이다. 이 작품은 영국의 3대 연극상 중 하나인 '이브닝스탠다드어워드'에선 코미디 부문 상을 받기도 했다. 편견과 달리 마냥 진지한 작품이 아니다. 구석구석 숨은 위트가 상당하다. 물론 영국 위트라 한국인들이 느끼기에 그다지 재밌진 않다. 셰익스피어의 나라인데 유머 감각은 도대체 왜 그런지 통탄할 따름이다. 혹시 주변에 영국인 친구가 있거든 1990년대에 유행하던 최불암 시리즈 같은 농담을 들려주도록 하자. 정말 배꼽 빠지게 웃는다. 〈클로저〉도 마찬가지로 유머가 더 첨가됐다며 질색하는 관객들이 있었다. 대본이 원래 그렇다며 표현 하나하나 구구절절 설명하기는 참 구차한 일이다. 아니, 진짜 대본이 그렇다니까요.

위트와 유머가 늘었다고 해서 번역가가 임의로 늘린 게 아니다. 있는 걸 구석구석 뒤져 찾아 썼을 뿐이지. 이렇게 유머를 인위적으로 늘린 것 아니냐는 오해를 받으면 작품들에 미안해질 때가 있다. 오히려 내가 번역자라서 작품이 오해를 받는구나 싶어서. 내가 〈데드풀〉 번역가'라서 그렇구나 하고. 그런 마음이 들면 또 〈데드풀〉에 미안해진다. 네가 무슨 죄라고. 나 잘되게 해 준 죄밖에 없거늘.

사실 그렇게 웃긴 사람이 아니라서 내 유머만으로 누굴 웃길 자신이 없다. 다 대본발이지. 번역이 웃기다면 원문이 웃긴 거다. 맘껏 웃으셔도 된다. 말했다시피 그 유머들은 원작자의 것이니까. 〈데드풀〉 번역가'의 번역작이라는 조건에만 집착해서 관람하면 오히려 유머도, 작품도 오역할지 모른다.

저희가 자연스럽게 부르면 되죠

자막 번역은 물리적인 틀이 있다. 클라이언트의 가이드라인에 따라 다르지만 개봉관은 보통 한 줄에 열 자에서 열두 자가 최대다. OTT는 열다섯 자까지 쓰기도 한다. 그리고 배우의 발화 길이에 따라 최소 1초, 길게는 3~4초까지 자막이 떠 있다가 사라진다. 이 틀에 맞게 대사를 넣어야 한다. 그래서 원문의 일부를 희생해야 하는 일이 많다. 내가 판단하기로는 영어가 한국어에 비해 훨씬 경제적인 언어다. 같은 표현도 한국어로 하려면 한참 긴 것들이 많다. 이는 실제 연구로도 드러난다. 언어의 음절당 정보 밀도*information density*나 언어의 압축성*linguistic compression*을 분석한 연구 결과들을 보면 영어가 확실히 한국어보다 경제적인 언어로 분류된다. 전문 분야의 번역본을 보면 한국어 번역본의 단어, 페이지 수가 원본에 비해 20~30퍼센트 정도 많기도 하고. 물론 영어가 언제나 더 경제적인 것은 아니다. 단적인 예로, 한국어는 '먹었어', '먹었습니다', '먹었네', '먹었구나'처럼 어미 변화만으로도 친밀도, 공손함, 놀라움 등을 드러낼 수 있어서 정교하고 감성적인 표현에선 더 효율적이고 간결할 때가 있다. 대체로 영어가 경제적이라는 것뿐이지. 그리고 실제로 한영 번역을 하는 영어권 번역가들은 외려 한국어가 경제적인 언어라 영어로 자막에 욱여넣기 힘들다고 불만을 토로한다. 그러니까 실은 그냥 자기가 다녀온 군대가 제일 힘들다고 말하는 것과 같달까.

경제성과 효율성에서 차이가 나는 두 언어를 번역해 자막이라는 틀에 넣을 땐 문장에서 어떤 것을 희생할지, 어떤 것을 번역어에 녹일지 판단해야 한다. 경험이 많아지면 직관적으로 희생의 순위가 보이기도 하는데 이게 오랜 경험으로 인한 직관인지, 아니면 타성인지 사실 잘 모르겠을 때가 많다. 이렇게 원문의 일부를 희생하는 것도 소비자의 눈엔 오역으로 보이기도 한다. 번역가가 모르고 저지른 실수라고 단정하는 것이다. 실은 몰랐던 게 아니라 그 표현이 희생할 순위의 최상단에 있었을 가능성이 더 크다. 말이 많고 빠른 캐릭터가 나오면 영화 번역가는 아주 죽을 맛이다. 번역이 어려운 것은 차치하고 불가피한 희생의 과정에서 희생해야 하는 정보가 너무 많아지니까. 이럴 땐 자막이라는 틀이 숨이 막힌다.

요새 뮤지컬을 자주 번역하면서 양가적인 감정을 느낀다. 캐릭터들의 대화 장면, 즉 드라마를 번역할 때면 그렇게 좋을 수가 없다. 자막 같은 틀이 없다 보니 관객을 납득시켜야 하는 장면에선 내용을 살짝 늘리기도 하고 줄이기도 한다. 또 말이 빨라야 하는 장면에선 대사의 양을 원문의 양만큼 늘려도 괜찮다. 배우가 말을 빨리 하면 되는 거니까. 그래서 드라마를 번역할 땐 마음이 참 편하다. 자막의 틀에 묶여 있다가 드디어 탈출한 기분. 그런데 그 기분도 오래가지 않는다. 뮤지컬 번역엔 틀의 끝판왕, 가사 번역이 있으니까. 자막 번역의 틀은 가사 번역의 틀에 댈 것도 아니다. 자막 번역은 몇 글자의 여지라도 있지. 가사 번역은 원칙적으론 음표 하나 위에 한 음절을 올려야 한다. 이렇게 숨통을 죄는 틀이 다 있나. 그 덕에 가사 번역은 희생해야 하는 분량이 더 늘어난다. 축약과 함축으로 감당하는 것도 한계가 있다. 내가 한 번역은 아니지만, 예를 들어 뮤지컬 〈맘마미아 *Mamma Mia*〉의 노래 〈The Winner Takes It All〉 가사 중 'the winner takes it all' 부분의 번역은 '오직 승자만이'다. 원문을 직역하면 '승자가 모든 걸 차지한다.'인데 그중 '모든 걸 차지한다.'의 의미가 빠진 거다. 이 의미는 바로 뒤 가사에 들어오지만 그 부분에 있어야 하는 의미를 대체해 버린다. 이렇게 가사 번역은 어쩔 수 없이 뉘앙스와 의미를 희생해야 한다.

영화 번역을 주로 하던 나는 죽이 되든 밥이 되든 끝까지 혼자 번역을 해내고 나 혼자 관객을 납득시키려 든다. 감수자도 있기야 하지만 관객을 납득시키는 건 온전히 내 몫이다. 그 버릇 때문에 뮤지컬 가사도, 대사도 그렇게 번역하려 한다. 그렇게 번역된 가사나 대사가 마음에 안 들 때도 있어서 배우들에게 원래 문장의 뉘앙스와 뜻을 자세히 설명하곤 한다. 물리적인 한계로 이렇게 번역된 것이지 원래는 이러이러하다고. 이 부분은 부르기에 조금 어색할 수도 있다고. 내 변명 섞인 설명에 의외의 답이 돌아왔다.

"저희가 자연스럽게 부르면 되죠. 저희가 또 그런 건 전문이거든요."

뮤지컬 〈틱틱붐〉을 함께한 장지후 배우의 말이다. 장지후 배우와 함께 다른 배우들도 같은 말을 했다. 장난 섞인 말이었지만 내겐 문화 충격과도 같았다. 혼자 모든 걸 책임져야 하는 영화 번역과 이런 면에서 다르구나. 언어의 물리적인 한계로 내가 표현해 내지 못한 공백들을 배우가 감정 표현으로, 호흡으로, 연기로 메운다. 비단 배우만이 아니다. 그 공백을 연출자가 연출로 메우기도 하고 안무감독이 동작으로, 음악감독이 음악으로 메우기도 한다. 내 번역으로 채우지 못한 설득력을 각자의 영역으로 멋지게 채워 넣는다. 앞서 언급했듯 뮤지컬 〈원스〉에선 체코 이민자인 여주인공 'Girl'이 서툰 영어를 사용한다. 당연히 나도 어순을 바꾸거나 시제를 틀리게 하는 식으로 대본에 그 서투름을 표현했다. 그런데 배우들은 거기서 한 발 더 나아간다. "멘델스존이... 가..."처럼 주격 조사를 두 개씩 쓴다거나 한 단어를 몇 번 더듬으며 찾는 척을 하는 식으로 캐릭터에 설득력을 더한다. 이게 얼마나 든든한지 모른다. 번역을 시작하고 처음으로 작업에서 외롭지 않다는 생각을 했다.

최근까지도 영화 번역과 공연 번역을 같은 방식으로 해왔다는 생각이 든다. 그리고 혼자서 푸념을 늘어놨던 거지.

의미를 그렇게 잔뜩 희생하고도 고작 이렇게밖에 못 채우나 하고. 너무 휑하게 비워 둔 번역은 의역을 넘어 오역으로 보일 때도 있다. 그런데 그렇게 오역으로 보이는 번역마저 그들이 숨을 채워 넣으면 다시 멀쩡한 정역이 된다. 아니, 심지어 더 좋은 번역이 되기도 한다. 마음이 한결 놓인다.

조금은 비워도 된다. 내겐 이제 동료가 있다.

언어의 물리적인 한계로

내가 표현해 내지 못한 공백들을

배우가 감정 표현으로, 호흡으로,

연기로 메운다.

꽃과 달의 흔적

이번엔 정말 말 그대로 오역 이야기. 〈에브리씽 에브리웨어 올 앳 원스*Everything Everywhere All at Once* 〉라는 영화를 번역할 때다. 이 영화는 주인공 에블린(양자경 분)이 다중 우주를 여행하며 결국 우주를 구해 낸다는 설정의 SF영화다.―설정은 다소 황당하지만 95회 아카데미 시상식에서 작품상, 감독상, 각본상, 여우주연상, 남우조연상, 여우조연상, 편집상까지 주요 일곱 개 부문을 휩쓴 멋진 영화니까 꼭 한번 보시기를―

이 영화는 다양한 영화를 오마주하는 위트 있는 작품이다. 〈라따뚜이*Ratatouille* 〉(2007), 〈2001 스페이스 오디세이*2001: A Space Odyssey* 〉(1968), 〈화양연화〉(2000), 〈매트릭스*The Matrix* 〉(1999), 〈구니스*The Goonies* 〉(1985) 등이 적재적소에 재미있는 옷을 입고 등장한다. 그중 〈화양연화〉를 오마주한 장면을 번역할 때다. 이 영화는 미국에 사는 중국인 이민자들의 이야기라 영어 비중이 80퍼센트, 중국어 비중이 20퍼센트 정도다. 이렇게 몇 가지 언어가 혼재된 작품의 경우, 영어 외 언어는 영어로 번역되어 노란색 자막으로 나오는 게 보통이다. 번역가는 그 영어 대사를 보고 한국어로 번역하는 중역을 할 수밖에 없다. 그런데 높은 확률로 영어 자막의 질이 별로 좋지 않다. 이건 블록버스터급 영화도 마찬가지다. 오역과 의역이 꽤 심한 편이라서 영어 자막만 믿고 중역하다간 나도 오역을 하기 십상이다. 그래서 이럴 땐 영화사에 굳이 중국어 대본을 같이 요청한다. 구글 번역기에 하나씩 올려가며 작업하는 한이 있어도 제대로 된 뜻을 파악하려고 한다. 주인공 에블린과 웨이먼드(키호이 콴 분)가 헤어지는 장면에서 웨이먼드가 중국어로 말하고 이런 영어 자막이 뜬다.

"He who loves the most regrets the most.

Let's not live in a fantasy."

(가장 사랑하는 사람이 가장 후회하는 거야.

환상 속에 살지 말자.-직역)

문장을 봤을 땐 문맥상 의미가 잘 들어맞는다. 그런데 배우들의 표정이나 대화 톤이 이 대사와 너무 안 어울렸다. 원문이 이렇게 납작한 표현일 리가 없다는 의심이 들었다. 이건 내가 동양인이라 느낀 이질감일 수도 있다. 그래서 중국어 대본을 뒤져 뜻을 파악하려 했으나 번역기 수준으로 파악 가능한 문장이 아니었다. 나는 영화사에 연락해 아는 중국어 번역가에게 이 부분만 조언을 구하고 싶다 밝혔다. 미개봉 영화는 비밀 유지 계약이 엄격하기 때문에 대본이나 영상을 함부로 유출할 수 없다. 그렇게 양해를 구하고 중국어 전문 번역가인 김소희 번역가에게 해당 대사를 문의했다. 원문을 살펴본 김소희 번역가는 놀라운 사실을 전했다. 청나라 시인 위자안魏子安이 쓴 〈화월흔花月痕〉이란 협사 소설의 인용구라는 것이다. 협사 소설은 광둥 지역 유흥가를 배경으로 하고 기녀와의 로맨스를 다루는 장르다. 중국어 대사의 의미를 바탕으로 내가 다듬은 자막은 다음과 같다.

"정이 깊을수록 상심이 크고
아름다운 꿈은 쉽게 깨는 법."

"가장 사랑하는 사람이 가장 후회하는 거야. 환상 속에 살지 말자."와는 뉘앙스의 차이가 너무 크지 않나. 게다가 〈화월흔〉이라는 작품은 두 남자 주인공이 각각 다른 기녀와 사랑에 빠져 서로 상반되는 인생행로를 겪게 된다는 내용이다. 다중 우주가 주제인 〈에브리씽 에브리웨어 올 앳 원스〉는 살면서 택한 선택의 수만큼 다중 우주가 존재한다는 설정을 기초로 한다. 그 많은 선택의 기로에서 어느 길을 택할 것인지, 그 선택으로 인생이 어떻게 바뀔 것인지를 이야기하는 작품이다. 그렇다면 작품에서 〈화월흔〉을 인용한 것은 더할 나위 없는 훌륭한 선택이다. 대니얼 콴*Daniel Kwan*, 대니얼 쉐이너트*Daniel Scheinert* 두 서양 감독이 동양 문화에 얼마나 조예가 깊은지 알 수 있는 대목이기도 하다.

"가장 사랑하는 사람이 가장 후회하는 거야. 환상 속에 살지 말자."라고 번역한다고 해서 뭐랄 사람은 없다. 그런데 의미가 유사하더라도 이 정도 뉘앙스 차이는 내 기준에선 오역의 범주에 들어간다. 번역가가 오역을 해서 망신을 당하는 건 하루 이틀도 아니고 딱히 문제가 되지 않는다. 문제는 관객의 관람 경험에 지장을 주는 거다. 영화를 온전히 감상할 관객의 권리를 나 하나의 실수로 침해한 것 같은 느낌이

든다는 거다. 그렇다고 이런 지점들을 완벽히 개선할 방법은 현실적으로 없다. 내가 20개국어 정도를 원어민처럼 구사할 수 있게 된다면 모를까. AI의 발전으로 이런 것들을 포착할 수 있는 가능성이 늘기야 했지만 그마저도 완벽하진 않다.

매번 그 이질감을 포착하는 '번역가의 촉'이 제대로 작동해 주길 빌 수밖에.

깊이에의 강요

영화 번역을 처음 시작했을 땐 하루 종일 인터넷을 뒤져 번역 평을 찾았다. 감사의 댓글을 달기도 하고, 철없이 달려들어 싸우기도 하고. 지금이야 그런 글들이 워낙 많아져 어렵지만 그때만 해도 일일이 찾아다닐 만했다. 이와 비슷하게 책을 쓰고서도 반응을 살핀다. 각 인터넷 서점에 어떤 평들이 올라왔는지, 블로그, 소셜네트워크서비스*SNS*나 커뮤니티에선 뭐라고 하는지. 영화 번역가로 갓 데뷔했을 때와 마찬가지로 초보 작가라 딱히 평이 많지 않아 확인이 힘들진 않다. 서평을 뒤지면서 몇 번이고 눈에 짚인 단어가 있다.

'깊이'

'깊이가 없다', '깊은 통찰이 없다'와 같은 표현이 간간이 보였다. '깊이'가 뭔가 하고 며칠을 고민해도 역시나 '깊이'를 정의할 수가 없다. 깊이 있는 글은 뭐고, 깊이 있는 음악은 뭐고, 깊이 있는 통찰은 뭔가. 어렴풋이 짚이는 인상은 있지만 나는 '깊이'를 정의할 수도, 구체화할 수도 없다. 구현은 커녕 정의도 못 하는 것을 글로 쓰는 건 불가능하다. 깊이가 뭔지 깨닫기 전까지 나는 영영 깊이 있는 글을 쓰지 못할 거다.

독일의 소설가 파트리트 쥐스킨트 *Patrick Suskind*가 쓴 단편 〈깊이에의 강요 *Der Zwang our Tiefe*〉를 보면 한 젊은 화가가 '그림에 깊이가 없다'는 비평을 듣고 그때부터 깊이에 집착한다. 하지만 깊이란 것이 무엇인지 도저히 알 수 없어 번민에 사로잡힌 나머지 결국 자살을 택한다. 비평가와 사람들은 그 자살한 화가의 후기 작품들을 보며 이런 평을 한다. "이 화가의 후기 작품에서는 깊이에의 강요가 보인다." 나는 처음 이 이야기를 읽을 때 무슨 뜻인지 이해할 수가 없어 이 대목을 한참 쳐다봤다. 대중과 평단에 깊이를 강요당했던 사실이 이 화가의 후기 작품에서 화풍으로 관찰된다는 뜻일까? 제목도 그러하니 그렇게 생각하기로 했다. 비평가와 대중은 마지막에 가서야 화가에게 깊이를 강요했던 자신들의 모습을 반성하고 연민을 느꼈나 보구나.

그게 무슨 뜻인지 제대로 이해한 것은 수년이 지나 번역가의 시각에서 다시 봤을 때다. 원제 'Der Zwang zur Tiefe'에서 '강요'로 번역된 'Zwang'의 사전적인 의미는 '강박', '구속', '협박', '강요'다. 뉘앙스는 공유하지만 때에 따라 각각 다른 의미로 쓰이는 단어들이다. 그리고 독일어 'zur'는 영어의 'to'나 'toward'처럼 '~을 향해'라는 뜻이다.

'깊이(Tiefe)를 향한(zur) 강요(Zwang)'

마지막에 비평가가 했던 말을 '강요' 대신 '강박'이라는 의미를 선택해 직관적으로 바꿔 본다.

"이 화가의 후기 작품에서는 깊이에의 강요가 보인다."
→ "이 화가의 후기 작품에서는 깊이를 향한 강박이 보인다."

문장을 이렇게 놓고 보면 오래전 내가 이해했듯이 '화가가 외부로부터 깊이를 강요받아 결국은 극단적인 선택을 했다.'라는 비평가의 자기반성이 아니다. 이 말을 한 비평가는 끝내 반성하지 않는다. 오히려 "화가가, 스스로, 강박적으로 깊이를 추구하다가 극단적인 선택을 했다."라며 화가의 서투름과 어리석음을 지적한다. '강요'와 '강박', 두 단어 중 무엇을 어떻게 쓰느냐에 따라 이렇게 뉘앙스가 다르다. 그게 뭐 그리 다르냐고 하는 사람도 있겠지만 번역가의 입장에서 두 문장은 뉘앙스만이 아니라 아예 의미가 다르다.

실체도 없는 깊이를 추구하려다 자살을 택한 화가의 강박, 애초에 그 강박을 떠안긴 평단과 대중은 외려 작가에게 어리석은 강박이 있었다며 책임을 떠넘긴다. 아니, 책임을 떠넘기는 게 아니라 애초에 책임을 자각하지도 못한다. "이 화가의 후기 작품에서는 깊이를 향한 강박이 보인다."라는 문장은 가해자가 가해를 자각하지도 못하고 피해자를 동정하는 잔인한 모순을 단 한 줄로 완벽하게 완성한다.

처음 이 작품을 번역한 번역자의 선택에 왈가왈부하려는 건 아니다. 이건 어디까지나 번역관의 차이에 기인한 것이니까. 다만 내가 번역한다면 '깊이에의 강요'가 아니라 '깊이를 향한 강박'으로 할 거라는 거지. 짧은 내 식견엔 그편이 독자의 오독을 막기에 더 좋은 길이다. 물론 '깊이에의 강요'

라는 표현도 내가 풀이한 의미로 해석할 여지가 없는 것은 아니다. 그리고 부사격 조사 '에'와 소유격 조사 '의'의 다소 억지스러운 결합으로 오히려 문학적 뉘앙스가 붙는 것도 사실이다.

다시 내 책 얘기로 돌아와, 책을 내고 책에 대한 평을 듣고 내 글을 돌아보는 과정에서 느끼는 게 많다. 내가 어떤 글을 쓰는 사람인지, 어떤 글을 쓸 수 있고 쓸 수 없는지, 내가 좋아하는 글은 어떤 것인지. 앞의 예시에서 말한 것처럼 나는 '깊이에의 강요' 같은 스타일의 번역을 하는 사람이 아니다. 멋이 없더라도, 그놈의 '깊이'가 없더라도 '깊이를 향한 강박' 같은 스타일의 번역을 하며 글도 그런 식으로 쓴다. 번역자로서 관객들이 직관적으로 의미를 이해하도록 번역문을 써 온 게 20년이다. 시간이라는 물리적 제약이 있는 영상을 주로 번역했기에 더 그런 성향이 있는지도 모른다. 그래서 그럴까. 내 글도 다소 직관적이다. 당연히도 내 글은 내 번역을 닮았다.

"글이 잘 읽힌다." "술술 읽힌다." 등의 표현을 자주 들었다. 나는 그 표현에 딱히 의미를 두지 않고 의례적인 칭찬으로 생각했다. 그저 글이 좋았다는 칭찬. 워낙 여러 의미로 이해할 수 있는 표현이니까. 그런데 지금 와서 생각해 보면 그저 글이 좋다는 칭찬이 아니라 정말 말 그대로, 물리적으로 "잘 읽힌다."라는 뜻이며 가독성이 좋아 읽기에 막힘이 없다는 뜻일 수도 있다. 글의 수준이 아니라 글의 성질을 말하는 걸지도 모른다.

자막을 20년 써 왔으니 나는 글말이 아니라 입말을 쓰는 번역을 20년간 해 온 셈이다. 그래서 내 글은 텍스트의 형태임에도 글말보다 입말에 가깝다. 조사나 어미의 연결과 흐름에 집중하는 입말, 아마 그래서 잘 읽힌다는 말을 듣는 걸 거다. 그걸 책을 내고서야 알았다. 그게 내 글의 강점이기도 하고 관점에 따라선 약점이기도 하다. 그렇게 쓱 읽히는 글은 잠시 멈춰 숙고할 여지를 주지 않는다. 그런 요소는 때에 따라 독자 경험에 해가 되기도 한다.

아직은 초보 작가라 한참을 더 써야 답이 나오겠지만 지금은 이게 내 글이다. 영화 번역가로서 지금껏 입말과 깊게 동거해 온 나의 글. 만약 '깊이'라는 것이 정말 실재한다면 나의 깊이는 그 오랜 동거 경험 속 어딘가에 있을 거다.

실체도 없는 깊이를 추구하려다

자살을 택한 화가의 강박,

애초에 그 강박을 떠안긴 평단과 대중은

외려 작가에게 어리석은 강박이 있었다며

책임을 떠넘긴다.

나는 당신에게 정의되지 않는다

남의 말은 왜 그리 귀에 잘 박힐까. 그것도 좋은 말이 아니라 나쁜 말만 잘 박힌다. 아흔아홉 명이 좋은 말을 하고 한 명이 나쁜 말을 하면 결국 기억에 남는 건 한 명의 나쁜 말이다. 그래서 악플이 몇 개 달리면 아무리 좋은 댓글이 많아도 악플만 수십 개가 있는 기분이다. 그렇게 기분이 가라앉으면 친구든 아내든 누가 좋은 말을 해도 들리질 않는다. 그럴 때면 남의 의견이 전부인 것만 같다. 가까운 사람들이야 어차피 좋은 말을 해 주니까 그들의 의견은 객관적이지도 않고 무가치해 보인다.

이게 대단한 착각이구나 하고 생각한 건 영화 〈원더 *Wonder*〉를 번역할 때다. 〈원더〉의 주인공 어기 풀먼(제이컵 트람블레이 분)은 트리처 콜린스 증후군*Treacher-Collins syndrome*을 갖고 태어났다. 두개안면 발달에 영향을 미치며 얼굴뼈와 귀, 눈, 턱의 발달 이상을 초래하는 유전적 희귀 질환이다. 어기는 성형수술을 스물일곱 번이나 했지만 누가 봐도 평범하지 않은 외모다. 이제 5학년(열 살)이 되는 어기가 학교에서 아이들에게 어떤 시선을 받을지는 짐작 가능하다. 어기가 홈스쿨링을 마치고 드디어 학교에 간 첫날, 역시나 아이는 친구들의 시선에 큰 상처를 받고 돌아왔다. 어기는 감정을 누르다 못해 엄마에게 소리를 지른다.

"난 왜 이렇게 못생겼어?"

엄마는 단호하게 답한다.

"넌 못생기지 않았어."

어기는 엄마의 말을 믿지 않는다. 나를 사랑하고 아끼는 사람이니까 당연히 그런 대답을 하리라.

"엄마는 내 엄마니까 그러는 거잖아."

엄마는 의아한 얼굴로 되묻는다.

"내 생각은 엄마라서 안 중요해?"

"안 중요해!"

여기까지는 나도 어기의 편. '그래, 엄마니까 그렇게 말하는 거지. 제 새끼 예쁘지 않은 부모가 어디 있어.' 그런데 엄마의 다음 대사에 생각이 완전히 바뀌었다.

"엄마의 생각이니까 제일 중요한 거야.
내가 널 제일 잘 아니까."

하긴 그렇다. 엄마의 생각이니까 안 중요한 게 아니라 오히려 엄마의 생각이니까 제일 중요하다. 세상에서 나를 제일 잘 알고 제일 아끼는 사람이 하는 말이니까. 엄마만이 아니라 나를 사랑하고 아끼는 사람의 말을 더 귀담아들어야 하는 게 논리적으로도 옳다. 정작 중요한 의견들은 일방적인 애정이 섞였으니 무가치하다 여기고 내 인생에 지분 한 톨

없는 사람들이 하는 이야기는 경청하고. 곰곰이 생각해 보니 뭔가 잘못돼도 단단히 잘못됐다. 이런 완벽한 오역이 있나. "엄마의 생각이니까 제일 중요한 거야."라는 너무나도 당연한 문장을 너무나도 오랫동안 태연하게 오역해 버렸다. 할리우드 영화에 종종 나오는 대사 중에 이런 게 있다.

"I'm not defined by you."

(나는 당신에 의해 정의되지 않는다.)

자연스러운 구어체로 말하자면 "네가 뭔데 날 정의해?" 같은 거다. 이 문장이 의외로 자주 나온다. 'defined by you'에서 'by you(당신에 의해)'가 'by them(그들에 의해)', 'by money(돈에 의해)', 'by my past(내 과거에 의해)' 등으로 다양하게 바뀌어 쓰일 뿐. 나는 이 문장을 아주 좋아한다. 누군가에게 터무니없는 비방을 들었을 때, 누군가 날 말도 안 되는 이유로 매도하거나 오해할 때 이 문장은 종종 내 방패가 되어 준다. 가령 어떤 사람이 나를 고구마라고 부른다 해서 내가 고구마가 되는 것은 아니다. 또한 나를 형편없는 번역가, 못난 부모라고 한다 해서 내가 형편없는 번역가나 못난 부모가 되는 것도 아니다. 그들의 말엔 날 정의할 권위나 권리가 전혀 없다. 그러니 남들의 말에 딱히 휘둘릴 일도 아니다.

'define'이란 단어엔 '한정하다.'라는 뜻도 있다. 라틴어 'definire'에서 온 단어인데 'definire'는 접두사 'de-(완전히)'와 'finire(끝맺다, 경계를 정하다)'가 결합한 파생어다. 원래의 의미는 '경계를 설정하다.' 혹은 '한계를 정하다.'이다. 보통 '정의하다.'와 '한정하다.'는 한 문장에서 중의적으로 사용되지 않지만 앞의 문장의 경우에 한해 '나는 당신으로 인해 한정되지 않는다.'라고 해석할 수도 있겠다. 당신이 나의 한계를, 내 운신의 폭을 규정하지 않는다는 거다. 사실 그런 의미로 쓴다면 'I'm not defined by you.'가 아니라 'I'm not limited by you.'나 'I'm not constrained by you.' 같은 문장을 쓰긴 할 거다. 둘 다 '나는 당신으로 인해 한정되지 않는다.'라는 뜻이다. 'I'm not defined by you.'를 '한정되다.'의 의미로 쓰면 다소 추상적이고 철학적인 문장이 돼서 사실 저 두 문장이 구어체로 훨씬 자연스럽다. 이번엔 '나는 당신에 의해 정의되지 않는다.'와 '나는 당신에 의해 한정되지 않는다.'를 엮고 싶은 내 바람이 섞인 해석일 뿐이지.

그 누구에게도 정의되지 말자. 특히나 내게 무가치한 사람이 하는 좋지 않은 말에는 더욱. 그들에게 정의되지도, 한정되지도 말자. 나를 정의할 수 있는 사람은 오로지 나이며 나를 정의하는 과정에서 반드시 누군가의 의견을 참고해야 할 필요가 있다면 나를 가장 잘 알고, 나를 가장 아끼는 사람들의 의견을 반영하기로 하자.

가령 어떤 사람이 나를 고구마라고 부른다 해서

내가 고구마가 되는 것은 아니다.

또한 나를 형편없는 번역가, 못난 부모라고 한다 해서

내가 형편없는 번역가나 못난 부모가 되는 것도 아니다.

그들의 말엔 날 정의할 권위나 권리가 전혀 없다.

S#2

아
아

침 침 침

공 공 공

원 원 원

산 산 산

책
책
책

산 산
산

체 게바라가 그러디?

"우리 모두 리얼리스트가 되자. 그러나 가슴속엔 불가능한 꿈을 가지자(Be the realist, but dream unrealistic dream in your heart)."

흔히 체 게바라*Ché Guevara*의 명언으로 알려진 가슴이 웅장해지는 유명 문구다. 나도 체 게바라 평전에서 본 적이 있는 것 같았는데 오랜만에 다시 뒤져 보니 비슷한 구절 하나 찾을 수가 없다. 기억이 왜곡된 걸까. 문득 저게 정말 체 게바라가 한 말인지 궁금해졌다. 신나게 국내외 웹사이트를 구글링해 보지만 결국 답이 나오지 않는다. 체 게바라가 어느 자리에서, 어느 문건, 어느 책에서 한 말인지 찾을 수가 없다. 그저 체 게바라의 명언이라는 말만 잔뜩이다. 과연 그의 말이 맞긴 한 건가?

그나마 비슷한 말이 실제로 쓰인 것을 확인할 수 있는 곳은 '프랑스 68혁명'의 슬로건뿐이다. 그리고 이때 사용된 것은 'Soyez réalistes-demandez l'impossible!' 영어로 쓰면 'Be realistic-demand the impossible(현실적이 돼라, 불가능한 것을 요구하라)!'다. 그렇다면 체 게바라가 했다는 '우리 모두 리얼리스트가 되자. 그러나 가슴속엔 불가능한 꿈을 가지자.'라는 이 구구절절 장황한 문장은 또 뭔가. 한국 웹에서만 나오는 문장인 점을 감안해 유추하자면 'Be realistic-demand the impossible!'을 누군가 '우리 모두 리얼리스트가 되자. 그러나 가슴속엔 불가능한 꿈을 가지자.'로 넉넉하게 의역했고, 또 다른 누군가가 이 말은 원어로 무엇이었을까를 상상하며 'Be the realist, but dream unrealistic dream in your heart.'라고 역번역해 만든 문장이 아닐까 싶다.

그러니 '현실적이 돼라, 불가능한 것을 요구하라!'처럼 간결한 슬로건이 '우리 모두 리얼리스트가 되자. 그러나 가슴속엔 불가능한 꿈을 가지자.'와 같은 구구절절 서술체로 바뀐 거겠지. '현실적이 돼라.'를 '리얼리스트가 되자.'로 번역한 것은 의역으로 생각할 수 있으나 '불가능한 꿈을 가지자.'

와 '불가능한 것을 요구하라.'는 의미 자체가 다른 오역이다. 희망하는 것과 요구하는 것은 실질적으로 차이가 크다. 그리고 엄밀히 따지면 문법적으로는 리얼리스트가 특정인이 아니라 어떤 성향을 가진 사람을 뜻하는 보통 명사이므로 'Be the realist'가 아니라 'Be a realist'처럼 관사 'a'를 써야 한다. 이 점도 뭔가 문장이 어설프다는 느낌이라 역번역에서 참사가 벌어진 게 아닐까 하는 강한 의심에 부채질을 한다. 그런데 이 어설픈 영어 문장을 인용한 사람이 한둘이 아니다. 심지어 아주 큰 공식 행사에서도 이대로 인용해서 쓰고 있으니.

최초 체 게바라가 한 말인지는 확인할 수 없지만 유사한 표현의 슬로건이 68혁명에 쓰인 것까지는 사실이다. 그런데 체 게바라는 68혁명 당시 학생들이 초상을 들고 행진했을 정도로 영향력이 있던 혁명가라 그 운동과의 연관성을 배제할 수 없다. 찾다 보니 68혁명에 참여한 학생들이 체 게바라의 말을 슬로건으로 가져온 것이라고 써 놓은 외서도 있긴 하다. 그런데 이것도 저자의 근거 없는 추정일 뿐이다. 결국 의문은 풀리지 않고 다시 미궁으로.

의심이 많은 편이라 인터넷에 떠도는 유명인의 말들을

이렇게 뒤지는 일이 잦다. 탐정이 수사하듯 거슬러 올라가다 보면 의외의 즐거움을 만나기도 하고 생각 못한 깨달음을 얻기도 한다. 그리고 이건 공공연한 비밀인데 인터넷에 떠도는 유명인의 인용구 상당수는 가짜다. 흑백 사진 옆에 그럴싸한 폰트로 몇 문장 적으면 적어도 인터넷에선 진짜가 된다. '고운 영혼은 고운 입에서 비롯된다. - 노엘 갤러거' 이렇게 적어도 진짜로 보일 거다.

다시 원래 슬로건으로 돌아와서, 자세히 들여다보면 '현실적이 돼라, 불가능한 것을 요구하라!'는 이상한 슬로건이다. '현실적이 돼라.'라는 말과 '불가능한 것을 요구하라.'라는 말은 상반되니까. 하지만 슬로건이기에 훌륭한 효과를 내는 표현법이기도 하다. 68혁명의 슬로건이었음을 생각할 때 작금의 현실을 직시하되 현실에 순응하지 말고 기존 체제에서 불가능하다 여겨지는 것을 강하게 요구하라는 의미로 읽힌다. 불가능하다고 여겨졌던 새로운 질서를 만들어 나가라는 함의가 있어서 체제 전복적인 뉘앙스도 있다. 무슨 뜻인지 어렴풋이 알 것 같고 의미를 부여하자면 사람에 따라 한도 끝도 없이 붙일 수 있을 것 같은 모호한 문장. 운동과 혁명의 슬로건으로는 아주 환상적이다. 게다가 '불가능한 것을 요구하라.' 뒤에 '현실적이 돼라.'가 왔다면 오히려 뻔한 문장이 될 수도 있었겠다. "불가능한 것을 요구하되 현실적인 시각을 지녀라."는 꼰대 같잖아. 그런데 "현실적인 시각을 지니되 불가능한 것을 요구하라." 아…… 별 차이 없는 것 같으면서도 문장이 순식간에 힙해진다.

하지만 아무리 힙해도 오역은 오역이다. 이렇게 본디 의미에서 탈선한 문장이 여러 채널을 오랫동안 거치며 정역의 탈을 쓰면 문장은 물론이고 화자의 의도도 곡해된다. 힙하고 예쁘고 근사하면 뭐하나. 내실이 없는데.

번역가를 믿지 마세요

개봉작 번역을 하고 제일 처음 겁이 덜컥 났던 사건이 있다. 〈인사이드 르윈*Inside Llewyn Davis*〉이란 영화에 〈Hang Me, Oh Hang Me〉라는 포크송이 나온다. 가사의 화자는 세상을 방랑하는 부랑자며 무슨 죄를 지었는지 모르겠지만 교수형에 처해지기 직전이다. 이 사람은 '온 세상을 돌아다녔노라, 후회 없노라, 날 목 매달아라.'라고 노래한다. 나는 그 가사 중 'I've been all around this world(세상을 두루두루 돌아다녔다-직역).'라는 구절을 '세상 구경 잘했소.'라고 번역했다. 죽음을 앞에 두고 회한 없이 부르는 노래라 잘 어울리는 번역이라 판단했다.

문제는 어느 영화 기자가 '세상 구경 잘했소.'라는 가사 구절을 주제로 리뷰를 기고한 거다. '세상 구경 잘했소.'라는 문장을 곧이곧대로 받아들여 해석한 글이었다. 마치 가사 원문이 '끝내주는 인생이었다(It's been one hell of a ride).' 나 '멋진 여정이었다(What a journey it has been).'인 것처럼. 그런데 사실 원래 가사인 'I've been all around this world.' 엔 그런 뉘앙스가 없다. 그저 세상을 골고루 돌아다녔다는 뜻뿐이지. 리뷰가 '끝내주는 인생이었다.'를 주제로 한 내용이라 글이 뒤로 갈수록 가사와도, 영화의 메시지와도 엇나갔다. 겁이 덜컥 났다. 나 때문이구나.

잘못된 번역이라고 생각하진 않지만 새삼 번역가의 재량이 미치는 파급력이 두렵게 느껴진다. 내 번역을 곧이곧대로 받아들이면 아예 메시지를 오독할 수도 있겠구나. 그래서 지금은 뉘앙스를 넣더라도 조심스럽다. 뮤지컬 〈틱틱붐〉의 〈Why〉라는 곡엔 다음과 같은 가사가 있다.

I thought, hey, what a way to spend a day

I made a vow right here and now

I'm gonna spend my time this way

(참 멋진 하루였구나

다짐했지, 내 남은 삶

이렇게만 살겠다고)

주인공 존은 어린 시절 친구와 YMCA 계단에서 노래 연습을 하던 기억, 고등학교 때 밤늦게까지 친구들과 강당에서 〈웨스트 사이드 스토리 *West Side Story*〉를 연습하던 기억을 떠올린다. 시간 가는 줄도 모르고 노래를 부르다가 정신을 차려 보니 하루가 지나 있었다. 그때 존은 생각했다. 하루를 이렇게 행복하고 충만하게 보낼 수도 있는 거였구나. 그래서 다짐한다. 내 남은 인생의 모든 날을 꼭 오늘처럼 보내며 살겠다고.

　　〈틱틱붐〉의 이전 프로덕션(내가 번역한 것은 10년 만의 재연이다)에서는 이 부분이 '내 인생 이 길에 걸겠다고'처럼 번역됐다. 그렇게 해석할 여지가 없는 것은 아니다. 연출 방향이나 강조하려던 메시지에 따라 충분히 그렇게 번역할 수도 있다. 하지만 저 가사 원문의 원래 뉘앙스는 내 인생을 이 길에 걸겠다거나, 내 영혼을 바쳐 이 길에 매진하겠다는 준엄하고 열정적인 맹세와는 거리가 있다. 내가 오늘 보냈던 하루가 행복하고 충만했기에, 그렇게 사는 삶도 있음을 깨달았기에, 내 남은 매일을 오늘을 보낸 방식대로 행복하고 충만하게 살겠다고 다짐하는 가사다. 무언가가 되겠다, 혹은 무엇에 매진하겠다는 맹세가 아니다.

존은 뮤지컬계에서 대성하기 위해 이 길을 택한 것도 아니고 브로드웨이의 거물이 되려고 이 길을 택한 것도 아니다. 그저 하루 종일 노래하고 곡을 쓰는 인생이 자기에겐 가장 행복한 인생이라 그 길을 택한 것뿐이다. 아주 어릴 때부터 다짐한 것처럼 내 남은 인생의 모든 날을 꼭 그날들처럼 보내며 살겠다고. 그 깨달음이 있기에 〈틱틱붐〉의 엔딩이 기능한다. 존은 나이를 먹어 가는데 가시적인 결과가 없다며 시한폭탄을 껴안은 듯 조급함과 불안감에 시달린다. 하지만 애초에 행복하기 위해 그 길을 택했음을 떠올리고서야 비로소 결과만을 좇던 불안감에서 해방된다.

애초에 그 길을 택한 이유는 모두가 인정하는 눈부신 결과를 내고자 함이 아니라 그저 그 길을 걷는 것이 행복했기 때문이다. 존은 그 길에 인생을 걸지 않아서, 혹은 영혼을 바치지 않아서 안 풀린 게 아니다. 존은 이미 오래전부터 인생의 전부를 갈아 넣어 왔다. 문제는 이미 하루하루 어린 시절 자기의 맹세를 지키며 살아왔음에도, 자꾸만 모두가 나만 빼고 나아가는 것 같으니 그 조급함에, 결과에 집착하게 된 것뿐이다. 존은 그걸 〈Why〉라는 곡에서 완전히 깨닫는다.

어느 관객은 저번 프로덕션의 '내 인생 이 길에 걸겠다고'라는 가사가 무척 좋았다고 그 운명적인 뉘앙스를 지운 것에 격노하며 오역이라고 항의했다. 그럴 수 있다. 이번 프로덕션의 가사보다 수백만 배 사랑할 수도 있다. 그야 개인적인 경험이니 존중할 따름이다. 다만 이번 프로덕션의 저 가사가 원문의 뉘앙스에, 〈틱틱붐〉의 원작자 조너선 라슨 *Jonathan Larson* 이 하려던 말에 가깝다는 것은 개인적인 의견을 떠나 어문학적으로 타당한 평가일 거다. 전술했다시피 영화 번역과 달리 극 번역은 연출 방향과 강조하고자 하는 메시지에 따라 바뀔 수 있다. 기존 프로덕션과 이번 프로덕션의 방향이 다른 것이지 우열이 있는 것이 아니다.

번역가의 번역을 곧이곧대로 받아들이면 원문과 다른 메시지를 읽을 수도 있다. 〈인사이드 르윈〉에서 내 가사를 원문인 양 받아들인 기자의 리뷰처럼. 번역문을 즐기려면, 번역의 묘미를 느끼려면 번역문 자체를 원문처럼 떠받들어선 안 된다. 번역가는 하나의 곡을 오만 가지 저마다의 방식으로 연주하는 연주자들이다. 그러니 아주 정확한 문자 그대로의 의미가 궁금해질 땐 원문을 확인하는 것이 옳다.

번역가를 믿지 말라는 것은 아니다. 이것은 번역가의 배신이 아니라 번역의 속성에 관한 문제니까. 번역에서 무엇이 옳고, 무엇이 그른지를 판단하는 것은 영어 문제를 채점하는 것보다 아주 복잡한 영역이다. 그 판단의 간극 사이에서 무엇을, 어떻게 만들어 내느냐가 번역의 묘미이긴 하지만.

번역문을 즐기려면, 번역의 묘미를 느끼려면
번역문 자체를 원문처럼 떠받들어선 안 된다.
번역가는 하나의 곡을 오만 가지
저마다의 방식으로 연주하는 연주자들이다.

열 살짜리 석희는 상상이나 했을까

피아노 하면 가장 먼저 떠오르는 건 담벼락이다. 의정부 흥선 지하도를 지나 왼쪽으로 돌면 철길을 따라 길게 콘크리트 담이 있었는데, 그 긴 담벼락 길을 따라가면 내가 다니던 중앙국민학교(현 중앙초등학교)가 나왔다. 아이 걸음으로 한 시간을 걸어야 갈 수 있던 통학 거리를 1학년 때부터 혼자 걸어 다녔다. 나만 그런 것이 아니라 그땐 1학년도 대부분 그 정도 거리를 혼자 걸어 다녔다. 그 길 풍경이 생생하다. 봄에는 담벼락 틈새로 민들레가 고개를 내밀었고, 여름이면 드문드문 부서진 아스팔트에서 아지랑이가 올라왔다.

그곳이 유독 기억에 남는 것은 콘크리트 담벼락 길 중간쯤에 있던 피아노 학원 때문이다. 끼니를 걱정하던 우리집에서 나를 학원에 보내 줬을 리는 없고 내 친구 선규가 다니던 피아노 학원이다. 선규는 2학년 때부터 그 피아노 학원을 다녔던 것 같다. 동네 친구라 종종 하교를 같이 해서 나는 선규를 따라 피아노 학원에 들어가 수업 끝나길 기다리곤 했다. 말이 피아노 학원이지 허름한 가정집이었고 작은 방 세 개에 피아노가 한 대씩 있었다. 거실에도 피아노가 한 대 있었지만 그 피아노를 치는 사람은 없었다. 나는 보통 거실 탁자 앞에 앉아 소파에 널려 있는 어린이 잡지를 뒤적이며 선규를 기다렸다. 부러운 티를 내진 않았지만 내심 부러웠다. 심지어는 피아노 선생님에게 30센티미터 자로 손등을 맞았다며 호들갑 떠는 선규의 말도 괜히 얄미워서 교습이 끝나고 피아노 학원을 나오면 말수가 부쩍 적어지곤 했다.

언젠가부터 선규를 기다리면서 거실 피아노를 하나둘 눌러 보기 시작했다. 선생님 눈치가 보였지만 건반을 몇 개 누르는 걸로 뭐라 하지는 않았다. 실로폰도 쳐 본 데다 집에 낡은 멜로디언도 한 대 있어서 음계를 하나하나 누를 줄은 알았다. 종이 건반이었지만 학교에서 피아노 운지를 배우기도 했고. 나는 간 크게도 거실 피아노 덮개를 열고 피아노 위에 있던 《바이엘 상》을 슬쩍 펴서 올려 두고는 한 음씩 쳐 보기 시작했다. 멜로디언과는 눌리는 느낌이 많이 달랐다. 똥땅똥땅. 음이 나는 마룻바닥을 손가락 끝으로 두드리는 기분.

　나는 한동안 몰래몰래 《바이엘 상》을 3분의 1쯤 혼자 뗐다. 운지도 엉망이고 박자도 엉망이었겠지만 아무튼 혼자 진도를 나갔다. 때로는 전날 선규가 연습하던 곡을 흉내 내기도 했는데, 어설프게나마 비슷한 멜로디가 나올 때면 우쭐했다. 그러다 신이 났는지 평소보다 건반을 좀 세게 눌렀나 보다. 선생님 한 분이 그제야 거실에서 나는 피아노 소리를 눈치챘다. 선생님은 교습생이 아니면 나가라고 했다. 눈치를 보느라 피아노 의자에 제대로 앉지도 못하고 한쪽 다리만 걸치고 앉아 있던 나는 그 한쪽 다리를 슬그머니 빼고 일어서는 게 몹시 수치스러웠다. 그래도 할 말이 없었다. 돈을 낸 것도 아니고 수업에 방해가 됐을 테니까. 그날부터 나는 피아노 학원 맞은편의 콘크리트 담벼락을 등지고 앉아 선규를 기다렸다. 대문 안에선 여전히 똥땅똥땅 기분 좋은 피아노 소리가 들렸다. 아, 나도 칠 줄 아는 《바이엘 상》에 있는 연습곡인데. 나는 눈을 감고 피아노 소리로 학원 내부에서 벌어지는 일을 번역하려 애쓴다.

　"여덟 번째 마디구나. 그다음은 '솔'인데. 선생님한테 혼나고 있구나. 선규가 부들부들 떨면서 새끼손가락을 벌리고 있겠다. 어떤 놈이 〈천하무적 멍멍기사〉를 치는 거냐. 시간이 다 됐나. 오늘은 거기까지."

지금 생각하면 참 초라했을 텐데 왜 그렇게 좋은 기억으로 남아 있을까. 기대면 등이 따끔한 콘크리트 담벼락, 녹슨 녹색 대문 너머로 들리는 서툰 피아노 소리, 담벼락 너머로 이따금 들리는 기차 덜컹이는 소리, 한참을 기다리면 "석희야!" 하고 뛰어나오던 선규의 얼굴. 계절이 바뀌어도 그 풍경은 늘 그대로다. 봄엔 담벼락에서 자라난 민들레 홀씨가 바람에 날리고, 여름엔 아이들의 어설픈 피아노 소리, 선규가 까먹었는지 다음 음을 누르지 못하고 헤맬 때면 매미 소리가 그 공백을 기분 좋게 채웠다.

그 후로 건반을 조금이나마 치게 된 건 고등학교 때다. 자유 악기 실기가 있다고 아무거나 연습해 오라는데 한 번 배운 적도 없는 놈이 무슨 오기로 피아노를 치기로 했는지 그날부터 교회 피아노에 달라붙어 있었다. 내 수준에 맞지도 않게 어려운 피아노 입문 교본을 하나 들고. 교회의 오래된 피아노는 제일 많이 치는 부분의 건반 두어 개가 눌려

있었고 내가 들어도 알 정도로 조율이 틀어져 있었다. 그래
도 피아노 앞에 앉아 있을 수 있던 시간이 얼마나 좋았는지
모른다. 내가 연습한 곡은 〈하얀 연인들〉이었고 결국 두어
달을 연습해 말도 안 되는 운지로 어찌어찌 한 곡을 쳤다.
여전히 내 운지는 엉망진창이고 악보도 제대로 보지 못한다.
기타를 쳤으니 코드를 잘 알 뿐이지.

　　오늘은 오랜만에 뮤지컬 번역 작업이라 내내 키보드를
꺼내고 해야 한다. 한동안 잊고 지냈는데 웬일로 그 담벼락
이 생각났다. 햇살 탓이다. 책상 옆 창문으로 들어와 키보드
를 비추는 햇살이 그날 피아노 학원에서 봤던 햇살과 비슷
한 색이다. 어둑한 피아노 학원 거실, 베란다 사이로 들어와
피아노 건반에 닿던 햇살과 비슷한 색. 그날과 시간대가 비
슷해서 그럴까 유난히 향수가 느껴지는 색온도 높은 주황색
이다. 내 평생 직업을 위해 건반을 칠 일이 있을 줄이야. 그
것도 번역가가. 그날의 열 살짜리 석희는 상상이나 했을까.

올인의 유래를 기억해야 해

간혹 번역가의 길을 가기로 했다며 조언을 부탁한다는 메시지를 받는다. 보내는 사람이 은근 많아서 일일이 답을 할 순 없다. 고민 끝에 힘들게 메시지를 보냈을 텐데 좋은 조언을 해 줄 깜도 안 되고. 그렇지만 어떤 메시지들을 보면 목 끝까지 올라온 오지랖성 잔소리를 간신히 억눌러야 할 때도 있다. 요새 그런 메시지들을 여러 개 받아서 오늘은 꾹 참았던 말을 꺼낸다.

이런 메시지의 대표적인 예가 잘 다니던 직장을 대책도 없이 그만두고 번역가가 되기 위해 뛰어든다거나, 애초에 진학을 포기하고 번역 공부를 한다거나, 면벽수련 하듯 몇 년째 방에서 번역 공부만 한다거나 하는 사연들이다. 남이니까 별말 안 하다뿐이지 가까운 동생 같았으면 혼을 냈을 거다. 정말 남한테 잔소리하는 거 싫어하는데 이것만은 그러면 안 된다. 누가 바람을 넣었는지 모르겠지만—아마도 미디어에서 수플레마냥 허무맹랑 부풀려진 내 사연일 가능성이 높을 거란 의심도 들지만— 현실감도 없이 로망만 찾아 길을 떠나는 건 만화 〈원피스〉 같은 데 나오는 대해적 시대 철부지 해적들의 행동이다.

철두철미한 미래 계획을 짜고 한 치의 어긋남도 없이 행동해야 한다는 건 아니다. 애당초 그런 건 불가능하고 인생이라는 게 어디 계획대로 되던가. 다만 최소한의 대책을, 호구지책을 세우고 도전해야 한다는 거다. 프리랜서가 되겠다면 못해도 반년 이상은 최소 생계비로라도 근근이 버틸 수 있는 자금을 확보하고, 현실적으로 언제까지는 최소한의 가시적인 성과를 내겠다는 기점 같은 것도 세우고, 플랜B, C에 대한 생각도 있어야 한다. 꿈이라는 불을 계속 지피기 위해서는 장작이 필요하다. 그리고 그 최소한의 장작을 마련하려면 돈과 현실이 필요하다. 당장 돈이 안 되는 일을 해야 한다면 최소한의 돈을 벌 수 있는 일도 병행해야 한다. 그래야 꿈의 불씨를 꺼뜨리지 않는다. 그런 현실감이 없으면 주변인들과 가족에게 걱정과 폐를 끼치게 된다.

내 모든 시간의 1초까지 쏟아붓고, 영혼을 갈아 넣어서 성공하겠다는 생각은 위험하고 무모하다. 모든 걸 거는 건 도전이 아니라 도박이다. '올인*all-in*'이란 말을 오역해선 안 된다. 이 말은 애초에 도박에서 유래한 도박 용어라는 걸 기억해야 한다. 덧칠된 의미만 좇다가 본디 의미를 떠올리지 못하면 치명적인 오역을 하기 마련이다. "누구는 인생 전부를 올인해 성공했다더라." 물론 이런 사연이 없는 건 아니지만 그 반대의 예가 압도적으로 많다. 그럼에도 미디어에 SNS에 성공한 예들만 전시되는 이유는 인생 전부를 걸어 실패한 사람의 사연은 매력적이지 않기 때문이다. 그리고 인생 전부를 걸었으나 실패했다는 이야기를 믿고 싶어 하는 사람은 별로 없다. 원래 고진감래한 주인공의 해피엔딩이 사랑받는 법이다.

스물한 살에 친구 둘과 춘천에서 자전거를 타고 부산에 간 적이 있다. 춘천에서 대관령을 넘어 강릉에서 부산으로. 계획도 없이 간 여행이라 거지같은 고물 자전거에 돈은 달랑 7만 원을 들고 짐도 그날 대충 쌌다. 춘천에서 막 출발할 때 친구 어머니께서 뛰어나오셔서는 배낭에 쑤셔 넣어 주신 미숫가루가 없었다면 우린 어느 산꼭대기 도로가에서 탈진해 죽었을지도 모른다. 심지어 우린 지도도 가는 길에 샀다.

그마저도 비가 와서 홍천을 채 못 가고 다 찢어졌지만. 어쨌건 부산까지 가는 목표는 7일 만에 성공했다. 그런데 가는 동안 실제로 죽을 뻔한 경험이 여러 번 있었고 매일이 고되고 위험했다. 지금 생각하면 미쳤구나 싶다. 식량과 숙소를 계획해 둔 게 아니어서 방학 맞은 학교 조회대에 침낭만 깔고 잔다거나 식량이 다 떨어져 그 지역에 사는 동기에게 전화를 해 쌀을 보급받는다거나 하는 주먹구구식 여행이었다. 아무리 생각해도 그땐 그저 운이 좋아서 죽지 않고 여행을 마친 거였다. 사실 말이 좋아 도전이지 도박에 가까운 짓이다. 그걸 다 아는 지금 그때로 돌아간다면 다시 그 꼴로는 출발 못 한다. 꼼꼼하게 준비하고 가겠지.

꼼꼼하게 준비하고 간다면 어설프던 여행만큼의 추억은 없겠지만 부산 도착이라는 목표는 훨씬 안전하게, 높은 확률로 달성할 거다. 꿈을 향해 가는 여정의 목적은 목적지에 도달하는 것이지 스릴이 아니다. 스릴이 아니라 목표 달성이 목적이라면 도박을 할 게 아니라 철저한 준비와 각오를 갖추고 도전해야 한다. 열심히 하면 높은 확률로 뭐든 되기는 된다. 그런데 그 '열심'이라는 게 반드시 올인일 필요는 없다. 그렇게 무턱대고 영혼을 갈아 넣어 성공했다는 사람들도 사실은 그 정도까지 올인한 경우가 그리 많지 않다. 미디어에서 하는 말을 곧이곧대로 듣지 말라고 하고 싶다. 꿈을 향해 날아가려면, 역설적이지만 반드시 현실이라는 땅에 한 발을 딛고 있어야 한다. 부디 영웅담 같은 것들에 휘둘리지 않으면 좋겠다. 이런 말을 쓰다 보면 자꾸 거창하게 뭐나 되는 척하게 돼서 꾹꾹 누르는 편인데 그런 메시지들을 자꾸 받다 보니 언제 한번 얘기해야겠다 싶었다.

자꾸만 지치고 숨이 막히고 현실이 생각 같지 않겠지만 그 길이 원래 그래요. 고된 길을 걸으면서도 때때로 그 하루가 보람차고 즐거워 슬쩍 웃게 되기를, 그런 날이 생각보다 많기를 진심으로 빌겠습니다.

볼륨과 게인

일렉트릭 기타 앰프를 보면 '볼륨*volume* 노브'와 '게인*gain* 노브'가 있다. 사실 앰프를 잘 모르는 사람에게는 이것저것 둘 다 돌려 봐도 비슷한 효과를 내는 것처럼 들린다. 둘 다 소리를 크게 하는 역할로 느껴지니까. 그런데 일렉트릭 기타의 세계에서 볼륨과 게인은 소설 속 두 주인공처럼 각자 별개의 역할을 지니며 함께 소리의 서사를 이끌어 나가는 재미있는 관계다.

볼륨은 이름 그대로 소리의 크기를 조절하는 역할을 한다. 볼륨 노브를 돌리면 앰프에서 출력되는 신호의 전체적인 강도가 높아지거나 낮아진다. 쉽게 말해 볼륨 노브는 이미 만들어진 소리의 본질을 건드리지 않은 채, 그 소리가 얼마나 멀리 퍼져 나갈지를 결정하는 장치다. 반면, 게인은 소리의 내적 성질, 그 본질적 색채를 변화시키는 역할을 담당한다. 게인은 프리앰프 단계에서 신호의 강도를 증폭시켜, 그 과정에서 소리를 찌그러뜨리는 현상인 디스토션distortion을 만들어 낸다. 낮은 게인 설정에서는 맑고 투명한 음색이, 높은 게인으로 갈수록 점점 더 풍부하고 두꺼우며 때로는 거칠고 공격적인 음색이 탄생한다.

소설에 빗대자면 볼륨은 이야기의 외형적 규모를 결정하고 게인은 화자의 어조와 감정적 색채로 이야기에 존재감과 개성을 채워 넣는다고 볼 수 있다. 둘은 상호 보완적인 관계여서 하나의 노브만 조작했다간 원하는 소리는커녕 소음만 생산할 뿐이다. 게인 노브를 최소로 두고 볼륨 노브로만 소리의 크기 올리면 아주 크고 텅 빈 소리가 난다. 볼륨을 최소로 두고 게인만 올리면 소리의 크기는 작은데 벌써부터 소리가 찌그러져 찢어지는 소리가 만들어진다. 이상적인 것은 음악에 따라 볼륨과 게인을 적절하게 섞는 것이다. 맑고 단단한 사운드를 내려면 볼륨을 올리고 게인을 적게 잡아 존재감을 준다. 락킹한 디스토션 사운드를 원한다면 볼륨을 적당히 잡고 게인을 많이 줘야 한다. 이처럼 둘의 균형을 잡는 것이 중요하다. 하지만 말이 쉽지 톤을 만든다는 건 기타리스트들에겐 평생의 숙제 같은 작업이다.

최근 불현듯 볼륨과 게인의 관계가 떠오른 건 어느 뮤지컬 오디션장이었다. 브로드웨이 뮤지컬의 라이선스 공연 오디션이라 해외 연출진이 와 있었고 국내 협력 음악감독과 연출자를 비롯해 여러 스태프가 참석했다. 보통 번역가가 오디션장에 들어가는 일은 없으나 그날은 창작진 미팅이 있던 날, 음악감독이 들어와 앉으라는 제스처를 슬쩍 하기에 얼른 들어갔다. 여성 참가자들만 있는 날이었다. 참가자들이 가져온 오디션 곡들은 대부분 고음을 내지르는 강렬한 곡이었다. 그도 그럴 것이 심사위원들 앞에서 강한 인상을 줘야 할 것 아닌가. 갈고닦은 솜씨를 30초에서 1분 사이에 선보여야 한다. 그런데 참가자들이 들락날락하는 심사 중간 중간 해외 연출진은 참가자들의 선곡 의도를 모르겠다며 자주 어깨를 으쓱했다. 본인이 가장 잘하는 곡을 가져와도 오디션에 붙기 어려운데 저렇게 힘든 곡들을 가져온 이유를 모르겠다는 거다. 수십 명이 곡만 다를 뿐 고음을 지르는 곡만 가져와 귀가 피곤하기도 했고 절실한 표정의 참가자들을 보고 있자니 나도 성의껏 들어야 할 것 같은 의무감에 몸이 금세 지쳤다. 그러다 드물게 귀가 번쩍 뜨이는 참가자도 있었다. 저음, 고음 무관하게 소리가 꽉 차 있는 사람들. 듣는 귀는 비슷한 것인지 심사위원들도 그런 참가자들에게는 여지없이 몇 곡을 더 청했다.

그렇게 알맹이가 있는 소릴 듣다 보니 이런 생각이 들었다. 볼륨만 냅다 올릴 게 아니라 내가 설정한 볼륨에 채워 넣을 게인이 중요한 게 아닌가 하는. 게인이 전혀 느껴지지 않고 볼륨만 큰 고음은 과시용으론 어떨지 모르겠지만 그 내용과 감정이 전혀 전달되지 않는다. 나 같은 선무당의 귀에도 그리 들렸으니 전문가들의 귀엔 어찌 들렸을지 훤하다. 물론 게인을 볼륨 한도까지 꽉 채워 넣은 소리도 귀가 아플 거다. 중요한 건 적절한 균형을 찾는 거겠지. 집에 오는 길에도 머릿속에 내내 볼륨과 게인이 있었다. 사람도 마찬가지겠구나 하고. 나도 종종 게인을 잊고 볼륨만 잔뜩 올린 상태일 때가 있다. 직관적으로 더 큰 소리가 더 멀리, 더 효과적으로 전달될 거라고 느끼는 모양이다. 자기 노출의 빈도와 크기에만 집착하는 세태와도 비슷하다는 생각이 들었다.

무대에 올라 온 세상에 다 들릴 정도로 볼륨을 높여도 정작 청중에겐 닿지 않는다. 아니, 오히려 어필해야 할 청중의 귀를 괴롭힌다. 내실 하나 없이 외쳐만 대는 소리는 소음이다. 반면에 볼륨이 적어도 게인이 적절하게 찬 소리는 청중에게 효과적으로 전달된다. 밴드까지 했던 나는 그걸 왜 그리 오래 모르고 살았나 싶다. 게인을 적당히 잡지 못하고 볼륨만 올리면 이퀄라이저EQ를 잘 잡아도 밴드의 다양한 주파수 대역 속에서 내 대역만 존재감을 내지 못하고 묻혀 버린다. 그저 시끄럽다는 인상만 남기고. 기껏 열심히 기타를 쳐도 기타에서 보낸 신호는 앰프에서 적절하게 번역되어 스피커로 전달되지 않고 과장되고 시끄러운 소음으로 번역되어 전달된다. 이것도 일종의 오역일 수 있겠다. 원문이 피상적으로 부피만 커진 채 알맹이 없이 전달되는 거니까.

다 알면서도 성급한 마음에 채워 넣을 것은 생각도 않고 아직도 종종 볼륨만 잔뜩 올릴 때가 있다. 20년차 번역가면 이제 볼륨 노브와 게인 노브 정도는 구분해야 하지 않나.

혹시 외롭나?

뮤지컬 〈틱틱붐〉 연습이 한창이다. 오늘은 연습실에 갔더니 모두 모여 보컬 연습을 하고 있다. 왼편엔 배우들이 나란히 앉았고 오른편엔 부음악감독이 피아노 앞에, 그 옆엔 오민영 음악감독이 의자에 앉아 지휘하며 노래를 가르치고 있다. 희한하게 어디선가 본 것 같은 기시감이 든다. 내 자리에 앉아 노트북을 정리하다가 문득 오래전 TV에서 본 장면이 떠올랐다. 그거였구나.

　2010년 〈남자의 자격〉이라는 KBS 예능 프로그램에서 박칼린 감독의 지휘에 맞춰 합창단이 연습하던 장면. 왼편엔 합창단이, 오른편엔 피아노와 박칼린 음악감독이 있었다. 박칼린 감독은 손을 들어 지휘하며 노래를 가르쳤다. 그리고 피아노 앞에 앉아 반주하던 부음악감독은 다름 아닌 오민영 음악감독이었다. TV에서 봤던 그날의 장면이 오늘 연습실에서 본 풍경 위로 오버랩됐다.

공연 번역을 하면서 느끼는 점 중 하나는 세대교체의 흐름이 자연스럽다는 거다. 연출자에겐 조연출자가, 음악감독에겐 부음악감독이, 안무감독에겐 부안무감독이, 각 파트장인 감독들에겐 직속 스태프들이 있어서 상사를 보좌하며 현장에서 일을 배운다. 배우도 신인이나 경력이 적은 배우들은 선배 배우들을 보며 무대를 배운다. 그리고 각각 그 경험을 바탕으로 언젠가 연출자, 음악감독, 안무감독, 각 파트장이 된다(그래서 나는 조-, 부-가 붙는 분들께 엄청 깍듯하다. 잘 보이려고). 물론 어느 업계나 그렇듯 모두가 그렇게 될 수 있는 것은 아니다. 이곳도 마찬가지로 모든 노력이 보상을 받거나 결실로 이어지진 않는다. 오히려 바늘구멍이라고 하는 게 더 옳은 표현일 거다. 하지만 업계에 들어와 현장을 배울 기회는 있다. 오민영 음악감독과 함께 〈틱틱붐〉을 만들고 있는 이지영 연출자도 20년 경력 만에 연출자가 됐다. 긴 조연출 경험과 더불어 다양한 극 제작 경험으로 마침내 연출자가 됐고, 입봉 작으로 한국뮤지컬어워즈 연출상을 수상하기도 했다.

이렇게 아무것도 모르던 극단 신입사원은 세월이 흘러

실장, 부장이 되고 식은땀을 흘리며 긴장하던 새파란 신인 배우도 어느새 시간이 흘러 베테랑 배우가 된다. 이런 현장 경험치가 있는 사람을 영어로는 '스트리트스마트*street-smart*'라고 한다. 반대로 이론만 빠삭한 사람을 '북스마트*book-smart*'라고 하고. 공연 제작을 처음부터 보고 있자니 아무리 봐도 이론만으로 배울 수 없는 것들이 많다. 공연은 이렇게 현장에서 배워야 한다.

그러다 미친 생각이 '아…… 번역가만 현장을 배울 방법이 없구나.' 누굴 보좌하며 현장에서 배운 게 아니니 연습실에서, 미팅에서 어떤 롤을 해야 하는지 모른다. 누구와 뭘 상의해야 하는지, 절차가 어떻게 되는지 모르다 보니 모든 행동이 조심스럽다. 뭘 하려다가도 짐짓 내 행동이 월권이 될까, 무례는 아닐까, 괜히 절차를 망치는 건 아닐까 싶어 망설여지는 거다. 롤이 명확하지 않은 현장에서 일하는 건 눈을 감고 걷는 것과 비슷하다. 캄캄해서 보이지도 않는 현장을 더듬더듬, 하나하나 만져 가며 조심스레 주변을 파악해야 한다.

지금이야 돌부리에 걸려 가며, 가시에 찔려 가며 어렴풋이 파악해 둔 지형지물이 있어서 그나마 전보단 낫다. 아직

멀었겠지만 뿌옇게나마 그림이 보인다. 공연 번역을 처음 시작할 땐 일면식도 없던 김수빈 번역가의 연락처를 수소문해서 만났다. 뇌물로 식사를 대접하며 이것저것 궁금한 것들을 물어보려고. 지금 생각해 보니 그때 들은 얘기들이 얼마나 큰 재산이었는지. 공연 번역가는 나처럼 이런 식으로밖에 경험을 쌓을 수 없는 걸까. 앞으로 이 업계에 진입하는 다른 번역가들은 또 처음부터 경험을 쌓아야 할 텐데 내가 겪은 시행착오들과 실수들을 다 겪어야 할까. 실수의 경험도 중요하지만 미리 알고 피할 수 있다면 굳이 겪을 필요는 없지 않나.

공연 번역 대본 작업 중엔 다른 번역가에게 도움을 받는 일도 가끔 있지만 그게 전부라 그 사람이 스트리트스마트한 공연 번역가로 성장할 순 없다. 그렇다고 보조 번역가 *assistant translator*를 만들어 자리마다 데리고 다니기도 뭐하다. 뭐라고 불러야 하나. 부번역가? 조번역가? 사실 일이 벅찬 것도 아니고 나 혼자 해도 되니까. 그러니 굳이 비용을 지출해 가며 데리고 다니는 것도 글쎄. 그렇다고 도제식으로 싸게 부려먹거나 착취하는 짓은 양심상 할 수 없다. 그리고 솔직히 번역가는 혼자가 편한 사람들이다. 기본적으로 기질이

내향적이라 집돌이-집순이가 대부분이다. 그러다 보니 연출, 음악, 안무, 무대 제작 등등처럼 스트리트스마트한 번역자가 길러질 수 있는 환경이 아니다. 아쉽긴 하다. 그 많은 창작진, 제작진, 배우진 중에 번역자만 현장을 배울 수 없다는 게. 현장에서 얻은 유산을 물려줄 방법이 없다는 게. 공연 업계의 스트리트스마트한 스태프 중 누군가가 번역가로 전직한다면 모를까, 번역에 전문성이 있는 번역자가 유입되긴 여러모로 어려운 구조다.

전문성이라니까 말인데 친한 홍보 실장님이 '전문 번역가'가 정확히 뭘 말하는 거냐고 물은 적 있다. 얼마 전 홍보 인터뷰에 동행했는데 공연 업계에서 전문 번역가가 활약한 지 얼마 되지 않았다는 내 말이 의아하게 들린 모양이다. 내 말은 기존엔 번역에 전문성이 없는 사람들이 극을 번역하는 일이 많았다는 의미였다. 지금까진 스태프 중 영어 좀 할 줄 아는 사람이 초벌 번역을 하고 연출자가 전체를 다듬는 경우가 많았으니까. 그런 이유로 번역을 전담하는 공연 번역가가 생기더라도 외부의 수혈 없이 스태프진 내부에서 탄생하는 게 보통이었다. 애초에 언어를 연구하고 언어가 일인 언어 전문가*linguist*, 그중에서도 번역이라는 행위가 일상처럼 익숙한 번역 전문가가 투입되는 구조가 아니라는 거다.

회사에 중요한 프로젝트가 있어서 마케팅 총책임자를 채용하는데 마케팅 경험이 전무한 사람을 뽑는 일은 흔치 않다. 공연을 팔았든 전자제품을 팔았든 마케터라는 정체성과 전문성이 있는 사람을 뽑으려 하지, 가령 번역가로 일했던 사람을 마케팅 총책임자로 채용하진 않는다. 분야가 전혀 달라도 감이 좋은 사람들은 금세 적응하고 훌륭한 기량을 선보이기도 하지만 그런 운에 기대는 채용 방식은 체계적이지도 않고 도박에 가까워서 일관성과 지속성을 갖기 어렵다. 그러니 당연히 전문 번역가를 채용하는 것이 좋겠지만 안타깝게도 앞에 언급했다시피 스트리트스마트한 공연 번역가가 길러질 구조가 아니다.

생각은 길어지는데 딱히 답이 나오지 않는다. 공연이라고는 열 작품 남짓 번역한 새파란 번역가가 무슨 쓸데없는 고민인가 싶다. 내가 후진 양성에 소명의식이 있는 인품 좋은 번역가도 아니고. 당장 내년까지 업계에서 버틸 수 있는지도 확신 못 하면서. 혹시 연습실에서 외롭나?

누굴 보좌하며 현장에서 배운 게 아니니

연습실에서, 미팅에서 어떤 롤을 해야 하는지 모른다.

누구와 뭘 상의해야 하는지, 절차가 어떻게 되는지

모르다 보니 모든 행동이 조심스럽다.

뭘 하려다가도 짐짓 내 행동이 월권이 될까, 무례는 아닐까,

괜히 절차를 망치는 건 아닐까 싶어 망설여지는 거다.

존이었던 마이클에서 다시 존으로

뮤지컬 〈틱틱붐〉은 치열하고 불안했던 조너선 라슨의 서른을 이야기하는 작품이다. 20대 내내 뮤지컬을 쓰며 꿈을 향해 직진하는 존, 함께 무대를 꿈꿨지만 결국 직장에 들어간 존의 친구 마이클. 불안과 시기, 미련. 이 둘에게 20대는 그다지 낙원 같은 시기가 아니다.

이렇게 내 젊은 시절이 많이 떠오르던 작품이 있었나 싶다. 원래 번역가는 자기가 번역하는 작품에 쉽게 이입한다. 다 내 얘기 같고, 다 내 사정 같고. 그런데 이 작품은 뭔가 달랐다. 이번엔 정말로 내 얘기 같았다. 난 20대엔 책가방보다 기타를 더 자주 메고 다녔다. 계속 밴드를 했던 까닭에 주위에서도 당연히 음악을 하려나 보다 했다. 학사경고를 두 번이나 맞던 불량학생이 번역가가 되랴 생각한 사람이 있을 리가.

막상 세상이 무서웠던 나는 결국 음악을 접어야 한다는 결론에 비교적 쉽게 이르렀다. 아무리 합리화하려 해도 음악이 현실적인 업으로 다가오질 않았다. 지금 보면 음악을 현실적인 업으로 삼고 자기 자릴 찾은 사람이 그렇게도 많은데 뭐가 그리 겁이 났나 모르겠다. 뭐가 그리 성급했는지. 워낙 음악 잘하던 사람들이 주위에 많았기 때문인지도 모르겠다. 이미 프로가 된 사람도 있었고 유재하 가요제 대상을 탔던 선배도 있었다. 음악은 그런 사람들이 하는 것만 같았다. 그렇게 맘껏 부딪혀 보지도 못하고, 어설프기만 하던 존은 마이클이 되기를 택했다. 마치 현실적인 직업을 갖는 건 쉬운 양. 그런데 음악을 피해 도망간 곳이 하필 번역이라니. 뭔가 잘못 골라도 단단히 잘못 골랐다는 생각이 들기까진 시간이 그리 오래 걸리지도 않았다. 여기도 그냥 또 다른 존의 인생이더라.

그렇게 나는 마이클에서 다시 존이 됐다. 번역계가 지금보다 훨씬 열악하던 때, 25만 원쯤 하던 월세를 내고 나면 한 달 내내 라면으로 연명해야 했다. 그런데도 이놈의 번역이란 걸 놓을 수가 없다. 당시엔 내가 할 줄 아는 것 중에 가장 잘하는 것이었고, 심지어 잘한다고 착각했던 음악보다도 몇 배는 잘하는 것이었으니까. 게다가 음악만큼은 아니더라도 이제 번역이란 일 자체가 좋았다. 어떻게든 여기서 승부를 보고 싶었다.

그렇게 집에 틀어박혀 있으면 주위에선 백수로 여긴다. 뜬구름 잡는 짓을 하는 백수. 그들 눈에 집구석에서 컴퓨터 앞에 앉아 일을 하는 사람은 정상적인 직장인이, 건강한 사회인이 아니다. 정상적인 직장인이라면 멀끔한 정장을 차려입고 회사에 나가야 한다. 나는 최저 시급도 안 되는 일에 밤새 몸을 혹사했지만 한 발자국도 앞으로 나가지 못했다. 그럴 땐 이게 맞는 건지 하루에도 수백 번씩 자괴감이 든다. 그래서 자괴감을 견디다 못해 존처럼 딱 한 번 회사에 면접을 보러 갔던 적도 있다. 결국 예상대로 그냥 나오고 말았지만.

"나는 번역을 합니다.

주위에서는 걱정을 합니다.

나도 덩달아 불안합니다.

오늘은 일감이 없습니다.

그래서 오늘은 결과도 모를 이력서를

다섯 통이나 넣습니다.

실력은 정말 볼 것 없지만 지금은

이게 내가 가장 잘하는 일입니다.

보잘것없는 자투리 번역 인생이라도

나는 이 일이 좋습니다.

나는 제 좋은 일 아니면 곧 죽어도

못하는 못난 놈인가 봅니다.

내가 좋아하는 일을 하겠습니다.

꼭 내가 좋아하는 일로 성공하겠습니다.

나는 언젠가

세상을 번역하겠습니다.

나는 번역인입니다.

2005년 11월 3일 새벽 2시 29분."

　블로그에 저 글을 썼던 건 비교적 번역가 경력 초기 때다. 저때만 해도 잠깐만 저렇게 찌질하면 될 줄 알았지. 겉이라도 허우대 멀쩡한 직업인인 척하기까지는 저기서 4년이 더 걸렸다. 친구들은 하나둘 취직을 하고 임용고시에 합격하고 사회에서 자리를 잡아 가는데 서른이 코앞인 나의 경제 사정은 악착같이 일해 봐야 여전히 참담했다.

당시엔 저런 일기를 종종 썼다. 가족을 포함해 누구 하나 날 응원하고 다독이지 않을 땐, 나라도 나를 다독이지 않으면 버틸 방법이 없다. 자괴감, 패배감, 무력감, 시기, 질투, 후회, 실망감처럼 부정적인 태도와 감정이 패시브*passive* 처럼 장착돼 있어서 오늘은 어떻게든 열의를 갖고 일하더라도 내일은 다시 마음이 바닥까지 곤두박질친다. 그렇게 심신이 제대로 작동하질 않는 정신적 탈진 상태가 반복된다. 그나마 저런 글을 하나 쓰고 담배라도 한 대 피우고 오면 살풀이라도 한 것처럼 다시 컴퓨터 앞에 앉을 수 있다. 아무런 생각도 들지 않고 그저 성질 더러운 텍스트들과 전쟁을 치를 뿐, 그러다 보면 어느새 책상 맞은편 창문이 푸르스름하게 밝아 왔다.

〈틱틱붐〉에서 존은 'emerge(빠져나오다, 출몰하다)'라는 표현을 쓴다. 아침부터 피아노 앞에 앉아 곡을 쓰고 노래하다 보면 저녁 5시, 왜 아직 알바 안 오냐는 전화를 받고서야 Bm 코드인가 A 코드인가에서 'emerge'한다고. 나는 일에서 'emerge'하는 순간이 있었는지조차 모르겠다. 정신없이 일만 하다 보니 서른이 넘어 있었다. 그런데 서른이 넘어서도 극장 영화를 번역하기까지 4년이 더 걸렸다. 존은 몇 년이었는지 모르겠지만 난 그렇게 8년을 유망주라고 불리기만 했다. 불리기만.

서른의 불안감을 어떻게 이겨 냈느냐는 질문을 많이 받지만 사실 서른의 불안감을 이겨 낸 게 아니라 그저 떠안고 살았던 것 같다. 불안이 내 속을 아무리 좀먹어도, 피가 철철 나도 그냥 그러려니 하는 선천성 무통증 환자처럼. 그런데 지금 생각하면 진짜 안 아팠던 걸까. 모르겠다. 어쩌면 너무 아파서 아픈 줄도 몰랐는지도.

사람들 말이 요즘은 마흔쯤 돼야 저런 불안을 겪는다더라. 서른 때 저런 불안 잘 모른다고. 정말 그럴까, 아니면 그때의 나처럼 아프지 않은 척하는 걸까.

불안이 내 속을 아무리 좀먹어도, 피가 철철 나도

그냥 그러려니 하는 선천성 무통증 환자처럼.

그런데 지금 생각하면 진짜 안 아팠던 걸까. 모르겠다.

어쩌면 너무 아파서 아픈 줄도 몰랐는지도.

그냥 보고 싶어서 그래

처가에 내려가는 기차 안, 오랜 친구에게 전화가 왔다. 덜컹이는 소리가 시끄러워 휴대폰을 귀에 꼭 붙였다. 지금은 연락이 뜸하지만 고교 시절까지 죽고 못 살던 친구 중 하나다. 전화를 받자마자 나도 모르게 목소리가 조심스러워진다.

"어……. 오랜만이다. 어쩐 일이야?"

목소리의 긴장을 느낀 건지 아내가 이쪽을 쳐다본다. 나는 별일 아니라고 손을 휘휘 젓는다. 이 친구의 돈을 떼어먹은 것도 아니고 나에게 이것저것 영업을 할까 걱정스러워 그런 것도 아니다. 마흔 중반에 오랜 친구에게 연락이 오는 일은 높은 확률로 조사弔事이기 때문이다. 그것도 부모상인 경우가 대부분이다. 다행히도 오역이다. 녀석은 그냥 목소리가 듣고 싶어 연락했다고 했다. 가슴을 쓸어내리며 어머님 안부를 묻는다. 감사하게도 건강하시다. 이 녀석도 참 보고 싶은 친구인데 못 본 지가 몇 년째더라. 그리운 사람들을 못 본 지 너무 오래됐다. 으레 그렇듯 이번에도 올해는 꼭 보자며 서로 기약 없는 약속을 건네고 통화를 마쳤다. 웃으며 얘기하고 살갑게 전화를 끊으면서도 우린 너무 잘 안다. 올해 만나게 될 확률이 그리 높지 않다는 걸.

며칠 전엔 대학 밴드 후배 녀석들이 오랜만에 모인다고 시간이 되면 와 달라고 했다. 네 살 차이 나는 후배들인데 난 군대도 늦게 갔고 워낙 오래 학교를 다닌 까닭에 학교생활을 같이 했다. 일정을 조율하다가 결국 못 갔다. 8시쯤 영상 통화가 왔다. 이제 다 커서 아저씨가 된 놈들이 그 옛날 찌질하던 대학교 1학년 때처럼 술 냄새 풍기는 목소리로 그런다. "혀엉…… 보고 싶어요." 밖에서는 마흔도 넘은 사회인이고 가장이라고 잔뜩 어른인 척할 놈들이 이럴 때면 영락없는 애다. 그 귀엽던 녀석들이 이젠 턱이며 볼이며 살이 통통하게 쪄 제법 아저씨 얼굴이다. 누구는 곧 결혼을 하네, 누구는 애가 둘이네, 넌 인마 왜 벌써 머리가 하얘? 하며 근황을 나눈다. 못 가서 미안하다, 보고 싶다, 즐겁게 놀아라,

연락해 줘서 고맙다, 담엔 꼭 가마 아쉬운 소리를 한다. 녀석들도 서둘러 인사를 한다. 담에 술자리에서 만나면 노래를 불러 달란다. "형, 담배 피우면서 김광석 노래 불러 줘요." 왜 하필 담배냐. 그게 기억에 남았나 보다. 동아리방 테이블 위에 재떨이가 있던, 낭만을 빙자한 야만적인(?) 시절이다. 얼마 없는 돈을 모아 새우깡이며 짱구며 과자 쪼가리를 사고 소주를 열댓 병 쌓아 두고 마시던 시절. 담배를 한 대 피우고, 소주를 한 잔 털어 넣고 기타를 끌어안고 밤새 같이 노래하던 시절. 녀석들에겐 그런 모습들이 남은 모양이다. 나도 그러고 싶다. 하루만 그때로 돌아간다면 찬 소주에 새우깡을 씹고, 13년 전 끊은 담배도 맘껏 피우고 동방 창문으로 아침이 파랗게 밝아 올 때까지 기타를 끌어안고 노래하고 싶다. 그 행복하게 한심하던 시절이 종종 그립다.

지금이야 대학은커녕 초등학교를 입학하면서부터 빽빽하게 짜인 계획 속에 살지만 반드시 건설적이고 실용적인 시간만이 필요한 건 아니다. 저런 '한심한 시절'이 누구에게나 필요하다. 어설프고 한심하고 그저 즐겁고 우스꽝스럽던 시절이. 그런 시절은 단순히 낭비된 시간이 아니라 인생의 중요한 자양분이 되는 시간이다. 사회적 기대나 압박에서 벗어나 순수하게 자기를 표현할 수 있는 시간이 인생에서 그리 길지 않다. 그래서 그때 느끼는 교감들은 여러 가지 득실 계산이 자연스레 개입하는 나이가 되면 절대 갖지 못한다. 그렇게 쌓인 청년기의 한심한 기억들은 놀랍게도 성년기를 위한 완충 지대 역할을 하기도 한다. 사람에게 상처받고 지칠 때마다 그 충격들을 완화해 주는 두꺼운 스펀지처럼. 그러니 너무 건설적으로만 살려고 아등바등할 것 없다. 목적 없이 흘려보낸 한심한 시간이 역설적으로 언젠가 가장 쓸모 있는 기억이 되기도 하니까.

평소 무뚝뚝한 나는 누구에게 전화를 걸어서 보고 싶단 말을 하진 않는다. 괜히 낯간지러워서. 그런데 요새 저렇게 부쩍 보고 싶다는 연락들을 받다 보니 새삼 그리운 사람들이 떠오른다. 그래서 올해는 정말 보러 가려고. 못 보게 되기 전에 정말로 보려고. 내가 보자고 연락해도 놀라지 말기를.

어디 아픈 거 아니고, 큰일 있는 거 아니고, 옥장판 사라는 거 아니고, 그냥 보고 싶어서 그러니까.

올해는 꼭 보자며 서로 기약 없는 약속을
건네고 통화를 마쳤다. 웃으며 얘기하고
살갑게 전화를 끊으면서도 우린 너무 잘 안다.
올해 만나게 될 확률이 그리 높지 않다는 걸.

결혼해요 vs. 집에 가요

뮤지컬 〈하데스타운*Hadestown*〉이 재연을 거치면서 슬슬 인기를 얻기 시작하고 그에 따라 번역에 대한 의문이나 비평도 많아진다. 그중 가장 많이 받은 질문이 있다. 최근에도 어느 관객이 SNS 다이렉트 메시지*DM*로 다음과 같은 질문을 보내왔다.

오르페우스 첫 대사가 "결혼해요."인데요.
원문은 "Come home with me."잖아요.
같이 봤던 친구가 '집에 가요.'로 번역
안 했다고 번역이 엉망이라고 두고두고
욕해요.. 어떻게 설명해 줘야 할까요.

이런 질문은 원문의 의미만이 아니라 번역 과정이 어떻

게 진행되는지, 번역이라는 행위가 어떤 요소를 포함하는지까지 다 설명해야 해서 쉽게 답하기 어렵다.

아마 저 번역이 틀렸다고 말하는 관객은 이 작품의 수미쌍관 구조와 무한히 반복되는 테마를 중시하는 관객일 거다. 〈하데스타운〉은 오르페우스 신화를 모티프로 한 작품으로, 정해진 운명 속에서도 사랑을 위해 몇 번이고 도전하고자 하는 인간의 의지를 주제로 한다. 그래서라도 극중 반복되는 대사와 설정이 중요하다. 저 관객이 말한 대사는 첫 장면에 등장한다. 오르페우스가 에우리디케에게 첫눈에 반했을 때 헤르메스가 이를 눈치채고 이렇게 말한다. "가서 말 걸어 보렴. 너무 서두르지 말고." 그때 오르페우스가 에우리디케에게 하는 첫 마디는 "Come home with me(나와 함께 내 집으로 가요)."다. 한국어 대사로는 "결혼해요."로 번역됐다. 번역문이 원문과 다른 데는 몇 가지 이유가 있다.

첫째는 의미 혼동이다. 난생처음 보는 사람에게 "집에 가요."라고 네 글자만 말하면 대개는 "나와 함께 집으로 가요."가 아니라 "(당신)집에 가요(Go to your home. Go home)."로 받아들일 거다. 그렇게 느끼지 않는다고 말하는 관객도 있겠지만 그것은 '지식의 저주' 혹은 '저주받은 지식의 오류*The Curse of Knowledge*'일 가능성이 크다. 특정 지식이나 개념이 나에게 너무 익숙해진 나머지 다른 사람들도 이를 알고 있을 거라고 가정하는 인지편향. "집에 가요."라는 말이 "나와 함께 내 집으로 가요."로 들린다면 〈하데스타운〉의 플롯을 이미 잘 알고 있기 때문일 거다. 생각해 보자. 생판 처음 보는 사람이 다가와서 "집에 가요."라고 하면 나는 그 말을 어떻게 받아들일지. 관객의 의미 혼동을 피하기 위해서라도 'go home'으로 해석될 수 있는 표현을 쓰는 건 적절하지 않다. 혹자는 "우리 집에 가요."라고 할 수도 있지 않느냐 하겠다. 하지만 "Come home with me"는 "컴 홈 윗 미"로 읽히는 가사라 한국어 4음절로 써야 한다. "우리 집에 가요."는 6음절이다. 그러니 억지로라도 6음절을 다 쓰려면 첫 박, 음표 하나를 세 음절로 나눠야 한다. "우리집에.가.요."로 첫 음에 세 글자를 욱여넣어야 한다는 거다. 노래 가사를 번역할 때 가장 지양하는 것 중 하나가 이거다. 이런 억지 가사보다 어색하고 촌스러운 게 없다.

두 번째 이유는 코믹 릴리프다. 코믹 릴리프는 극의 긴장을 완화하거나 늘어진 분위기를 띄울 때 사용되는 장치다. 아무리 처절하고 우울한 비극이어도 코믹 릴리프는 거의 필수적으로 들어간다. 심지어 〈햄릿〉에도 있으니까. 코믹 릴리프는 극의 리듬을 살리는 극작의 전통적인 요소다. 이렇게 설명하면 쉽겠다. 누군가 음식을 맛있게 먹기 위해 단짠단짠의 순서로 먹는데 '짠'을 몇 번 빼먹으면 '단단단짠단짠단단단'이 된다는 거다. 이러면 셰프의 의도를 한참 벗어나 리듬이 단조로워진다. 극도 마찬가지다. 코믹 릴리프를 놓치거나 희생하면 원작자가 의도한 리듬이 훼손되어 납작한 극이 된다. A가 "○○하지 마라."라고 말했을 때 B가 고개를 끄덕이고 정반대의 행동을 하는 건 아주 전형적인 코믹 릴리프다. 관객들을 여기서 웃겨야 한다. 헤르메스의 충고도 무시하고 사랑에 눈이 멀어 첫 마디에 결혼하자고 '닥치고 돌진'하는 오르페우스의 대사는 반드시 코믹 릴리프로 기능해야 한다. 이 요소를 날리면 극의 리듬이 처음부터 어그러지고 관객은 다음 리듬의 변주까지 단조로운 리듬의 극을 감상해야 한다. "집에 가요."라는 번역문은 코믹 릴리프로 기능하지 않기에 쓸 수 없다.

세 번째 이유는 연기다. 오르페우스가 에우리디케에게 "Come home with me."라는 대사를 하면 에우리디케는 "Who are you(누구세요)?"라고 당황하며 황당해해야 한다.

세상에 대한 불신밖에 없는 에우리디케이기에 "누군데 갑자기 자기 집으로 가자는 거지?"라며 방어적인 연기를 해야 하는 것이다. 그런데 대사가 다짜고짜 "집에 가요."일 경우에 문맥에 맞는 연기가 어렵다. "당신 집으로 가요."로 들리는 대사에 "나와 함께 우리 집으로 가요."처럼 반응하기가 어렵다는 거다. 물론 프로 배우들이니 연습으로 극복 가능하지만 배우가 느끼는 이질감은 그대로 남는다. 배우가 그 대사에 익숙해졌다면 그건 그것대로 문제다. 배우는 너무나도 태연하게 "나와 함께 우리 집으로 가요."라는 의도로 "집에 가요."라는 대사를 하는데 정작 관객들은 "당신 집으로 가요."라고 듣고 있을 테니.

네 번째 이유는 바로 이어지는 뒤의 대사다. 오르페우스가 "나와 집으로 가요."라고 말하면 에우리디케는 "누구세요?"라며 경계한다. 하지만 이 눈치 없고 사랑밖에 모르는 오르페우스는 "The man who's gonna marry you(당신과 결혼할 사람)."라고 한술 더 뜬다. 내가 "Come home with me."를 "결혼해요."로 번역할 수 있는 것은 바로 뒤에 존재하는 "The man who's gonna marry you."라는 대사 덕분이다. 이 문장이 없으면 "결혼해요."는 심하게 엇나간 의역으로 볼 수 있다.

　다섯 번째 이유는 원작자의 의향이다. 번역극은 원작자의 의향이 아주 중요하다. 어떤 대사든 번역가가 쓰고 싶다고 쓸 수 있는 게 아니고 원작자, 혹은 원작자를 대리하는 해외 연출의 동의와 허락이 필요하다. 가령 뮤지컬 〈원스〉에서도 내가 쓰고 싶었지만 연출자와 의견이 달라 쓰지 못한 것들이 있다. 한국어로 아무리 어색해도 연출자를 설득하지 못하면 꾸역꾸역 직역을 써야 하는 경우가 많다. 심지어 국내 협력 연출자의 의지가 있어도 해외 연출자의 의지가 우선이라 구현 못 하는 것들이 허다한데 번역가는 오죽하랴. 〈하데스타운〉은 모두 원작자인 아나이스 미첼*Anaïs Mitchell*과 대면으로 논의하고 동의를 거쳤다. 특히나 "Come home with me." 같은 구절은 상술했듯 이 작품에서 워낙 중요한 부분이라 원작자의 의지를 몇 번이고 확인했다. 미첼에게 상황을 설명하고 어떻게 하는 게 좋겠냐고 논의한 끝에 동의와 허락을 받은 번역문이다. 원작자가 동의한 번역문보다 권위를 갖는 번역문은 없다. 그 번역문이 얼마큼의 가치가 있느냐는 또 별개의 문제겠지만. 가치 평가는 주관적인 것이라 누군가는 원작자의 의향과 별개로 다른 번역문이 더 가치가 있다고 평가할 수도 있다. 그게 잘못된 건 아니다. 원작자의 손을 떠난 작품은 관객의 것이기도 하니까.

"Come home with me."를 아무 생각 없이 "집에 가요."로 번역해도 된다면 얼마나, 정말 얼마나 편하고 좋을까. 노력한 번역이든 뭐든 간에 그거야 내 사정이고 저게 마음에 안 들 수 있지. 너무 당연히도. 저 번역문이 끔찍이 싫을 수도 있고 혐오스러울 수도 있고, 뭐든 괜찮다. 감상하는 사람 마음이지. 어떻게 다 좋아. 그런데 저 번역문이 싫은*dislike* 걸 넘어 엉터리다, 틀렸다*wrong* 주장하려면 상술한 다섯 가지 요소를 전복할 근거와 논리와 권위가 필요하다. 내가 싫으니까 틀렸다는 거 말고. 그런 태도를 번역만이 아니라 다양한 주제에서 본다. 어떤 논리가 있든 어떤 사정이 있든 내 마음에 안 들면 틀렸다고 주장하는 태도. 이런 상황이 연출되면 대개는 목소리가 큰 사람이 이긴다. 목소리 큰 사람과 싸우는 건 피곤한 일이거든.

저 메시지를 보낸 사람의 친구는 아마 어떻게 말해도 설득되지 않을 거다. 특히나 번역 비평은 지성에 감성까지 포함된 영역이라 여간해선 틀림을 인정하지 않는다. 에고가 간섭하니까. 그래서 번역가들이 오역을 하고도 그렇게 억척스럽게 아니라고 우기는 건지도 모르겠다. 나도 마찬가지고. 오역 하나를 인정하는 게 그렇게 힘들고 내 살 도려내는 것 같아 늘 구차하게 변명을 대고 찌질해진다. 아무리 쿨한 척 하려 해도 늘 그렇더라.

논리적으로 내 번역문이 옳다고 주장할 순 있지만 내 번역문을 무조건 좋아해야 한다고 주장할 순 없다. 취향이란 게 엄연히 존재하니까.

그래도 혹시나 설득됐을까?

어떤 논리가 있든 어떤 사정이 있든

내 마음에 안 들면 틀렸다고 주장하는 태도.

이런 상황이 연출되면 대개는 목소리가 큰 사람이 이긴다.

목소리 큰 사람과 싸우는 건 피곤한 일이거든.

S#3

한한한
낮낮낮
의의의
겪
겪
실실실

엄마 얼굴을 빤히 쳐다본다

엄마는 우리 집에 올 때마다 손님방으로도 쓰고 있는 내 작업실 소파베드에서 잔다. 나는 보통 새벽까지 작업하느라 침대 맞은편 책상에 앉아 있다. 오늘은 손녀랑 놀아 주는 게 피곤했는지 코를 꽤 곤다. 소리가 유난히 커서 베개를 잘못 베고 계신가 싶어 헤드폰을 벗고 쳐다봤다. 얼굴을 잠깐 쳐다보는데 문득 그런 생각이 들었다. 이렇게 빤히 엄마 얼굴을 쳐다본 게 마지막으로 언제였더라. 엄마가 중환자실에 있을 때였나. 성인이 되면 엄마는 물론이고 상대의 얼굴을 빤히 보는 일이 없다시피 하다. 특히나 한국에선 그렇게 빤히 봐 봐야 싸우자는 얘기지. 그런데 아이들은 얘기가 다르다. 아무 거리낌없이 상대를 뚫어지게 빤히 본다. 나도 내 딸만큼 어리던 시절엔 이렇게 엄마를 빤히 쳐다보는 일이 많았을까. 지금 내 딸은 내가 눈을 피할 정도로 종종 날 빤히 쳐다본다. 그 눈이 너무 맑아서, 저 깊은 곳에 꽁꽁 숨긴 얼룩까지 다 읽히는 것 같아서 괜히 잘못한 것도 없이 결국 먼저 눈을 피하기 일쑤다. 심지어 갓난아기 때는 간혹 그 빤히 보는 눈이 무섭기도 했다. 무슨 생각을 하는지 전혀 읽을 수 없는 순수의 극치. 어떤 의도가 있기는 한 건지 짐작도 할 수 없는 미지의 눈빛. 갓난아기를 안고 재워 본 부모라면 어떤 눈빛인지 알 거다. 인간은 태생적으로 미지에 대한 공포가 있나 보다. 분명 아무런 해가 되지 않는 미지인데도 무서웠던 걸 보면. 그렇다고 막연한 공포심은 아니고 신성한 무언가에 대한 경외심과 유사한 감정이다. 나에게 모든 걸 의탁하는 약하디 약하고 존귀한 존재의 눈빛. 나도 어릴 때 그런 눈으로 엄마를 빤히 봤을까. 엄마는 그런 나를 어떤 표정으로 봤을까. 그렇게 하루 종일 엄마 얼굴을 보는 게 내 일이었을 텐데 지금은 곁에 있어도 10초나 보려나. 빤히 쳐다보는 일이 없다. 그런 생각이 들어서 자는 얼굴을 더 빤히 쳐다봤다. 아이가 된 것처럼. 다음 날, 해가 저물고 바람이 선선해져서 엄마와 나, 아이 이렇게 셋이 놀이터에 다녀왔다. 나는 깡총대는 아이가 넘어질까 필사적으로 쫓아다니며 엄마에게 물었다.

"나도 엄마 팔뚝만 했을 텐데 그런 애기가 이만큼 커서 자식 키우는 거 보면 어떤 느낌이야?"

"대견하지. 고맙고. 목도 못 가누던 너 안고 있던 생각도 나고."

아이를 키우면서 가장 크게 다가오는 실감은 나도 엄마의 작은 아이였다는 점이다. 엄마 팔뚝만 한 젖먹이였을 테고, 엄마의 손을 잡고 간신히 걸음마를 했을 테고, 배가 고프다고, 기저귀를 적셨다고, 바닥에 넘어졌다고 엄마를 찾으며 울었을 테고, 하나부터 열까지 당신의 손과 애정을 필요로 했을 거다. 기억에도 없는 시절이지만 내 아이를 키우면서 나도 엄마의 작은 아이였다는 걸 비로소 실감한다. 한때는 당신이 나의 우주였다는 걸 이제야 비로소 실감한다. 엄마가 내 아이와 노는 모습을 보면 뭉클하면서도 새삼 신기하다. 아빠가 된 후로 엄마에게 가끔 묻는다. 나도 저랬느냐고.

"나도 '엄마, 엄마.' 병아리처럼 삐악대면서 쫓아다녔어?

나도 엄마가 밥 떠 넣어 주면 입에 잔뜩 물고 웃었어? 나도
엄마 잠깐 어디 가면 세상 무너진 듯이 울고 그랬어? 내가
새로 한마디씩 할 때마다 엄마도 웃고 그랬어?"

　당연한 말이지만 어른이 된 지금의 나는 그 시절이 상
상조차 되지 않는다. 어른이 되어 엄마와 다투기도 하고 심
지어는 아버지가 돌아가신 후부터 내가 엄마의 보호자 역이
라 온갖 간섭에 잔소리에 짜증을 내는 일도 잦다. 이렇게 좋
든 싫든 성인 대 성인의 감정을 나누는 관계도 예전엔 저랬
으려니 하고 생각하면 괜히 먹먹하다. 내가 내 딸 나이 때는
집이 너무 가난해서 예쁜 옷은커녕 먹을 것도 부족했다. 엄
마의 믿을 구석이어야 할 아버지는 막일로 겨우겨우 집을 건
사했고 말이 좋아 가부장적이지 술도 많이 마셨고 집에서
폭력을 자주 휘둘렀다. 그 와중에 엄마는 삯바느질이건 인
형 눈알 달기건 닥치는 대로 집에 부업거리를 쌓아 놓고 일
을 해야 했다.
　그렇게 힘든 시절이었는데도 날 키우는 게 좋았느냐 물
었더니 엄마는 망설임 없이 참 행복했다고 했다. 손바닥만
한 방에서 허리 높이도 안 되는 나와 쫓고 쫓기고 숨바꼭질

을 하며 깔깔대고 웃었단다. 나는 어려서도 웃음이 많아 그 웃음만 보면 마냥 행복했단다. 기껏 먹여 봐야 밥에 참기름, 간장 넣고 가끔 달걀 하나 얹어 주는 식사였지만 투정 한번 없이 작은 입으로 오물오물 잘 먹는 모습에 그렇게 행복했단다. 나는 지금껏 막연하게 상상했다. 그 삭막하고 가난한 집에서 아이의 까르르 소리 한번 제대로 못 듣고 피곤과 우울에 절어 날 키웠겠거니. 그런데 네 덕에 참 행복했다는 말을 들으니까 시선을 어디에 둬야 할지 모르겠더라. 얼마 전 본 넷플릭스 드라마 〈폭싹 속았수다〉에서도 똑같은 대사를 들었다. 엄마 애순은 궁상맞은 생활을 타박하는 딸 금명에게 이렇게 말한다.

"엄마처럼 살지 마. 근데 엄마는 엄마대로
행복했어. 엄마 인생도 나름 쨍쨍했어.
그림 같은 순간이 얼마나 많았다고."

자식들은, 특히나 궁하게 자란 자식들은 그저 부모의 인생이 불행했을 거라고 넘겨짚는다. 하지만 부모의 인생은 부모의 인생대로 희로애락이 있었을 거다. 어떻게 나는 그 시절을 한번 물어볼 생각도 않고 당신의 불행을 멋대로 단정했을까. 자고로 번역가라면 원문을 제대로 확인하려는 노력은 기울였어야 했다.

나와 내 아내가 내 딸에게 그렇듯이 당신이 나의 우주였다는 걸 까맣게 잊고 살았다. 내가 당신의 행복이었다는 걸.

볼 수 있을 때 더 많이, 빤히 봐 두려고.

자식들은, 특히나 궁하게 자란 자식들은

그저 부모의 인생이 불행했을 거라고 넘겨짚는다.

하지만 부모의 인생은 부모의 인생대로 희로애락이 있었을 거다.

어떻게 나는 그 시절을 한번 물어볼 생각도 않고

당신의 불행을 멋대로 단정했을까.

후진 농담

유난히 싫어하는 농담이 있다. 농담도 못하고 사는 빡빡한 세상을 바라는 건 아니지만 그래도 이런 농담은 좀 안 듣고 싶은. 남자라면 선배, 형들에게 흔히 많이 듣는 바로 유부남 농담이다. 나이 찬 남자들끼리 모인 자리면 특히 술자리면 십중팔구 유부남 농담이 나온다. 결혼과 부부생활을 희화화하는 농담들. 아내가 샤워하는 소리가 겁난다느니, 가족끼린 그러는 거 아니라느니, 결혼 생각 중이라는 사람이 있으면 다시 생각하라느니. 결혼을 인생의 무덤처럼 말하고 결혼을 추천하는 사람이 있으면 혼자 고통받기 싫어 저런다며 물귀신 작전인 양 얘기한다. 희한한 건 술자리에서 한둘이 이런 얘기를 꺼내다 보면 유부남들이 질세라 더 독한 농담을 꺼내려 든다는 거다. 친구에게 들어도 듣기 좋은 얘긴 아닌데 딱히 친분 없는 자리에 나가 이런 얘길 한두 시간씩 듣고 있으면 그것보다 고역이 없다.

그런데 나는 안다. 그런 유부남 농담을 하는 사람의 대부분은 집에 들어가 아내와 아이와 볼을 부비며 꽁냥꽁냥 잘 산다는 걸. 그저 밖에서 농담으로만 그런 말을 한다는 걸. 물론 실제로 결혼 생활이 지옥 같은 사람도 있겠지. 내 말은 그렇지 않으면서도 으레 그런 것처럼 말하는 사람도 많다는 거다. 술자리마다 나오는 이런 진부한 대화는 집단적 동질감을 확인하는 도구로 기능하는 것 같으면서도 실제론 딱히 그렇지 않다. 애초에 사실이 아니니까. 처남이 그런 말을 한 적이 있다. 주변 모든 남자들을 통틀어 결혼 추천한다는 사람은 매형 혼자라며 자긴 그런 사람을 처음 봤다고 했다. 처남도 마찬가지로 결혼에 대한 의구심이 있었다. 그때도 똑같은 말을 해 줬다. 다들 말만 그러지 막상 집에 가서는 꽁냥꽁냥 잘만 사니까 남들 얘기를 있는 그대로 믿을 것 없다고.

얼마 전 복싱 체육관에서도 똑같은 일이 있었다. 교제 중인 사람과 결혼이 고민이라는 동생이 있었는데 내가 결혼을 적극 추천한다고 했더니 의미심장한 미소를 지으면서 내 옆구리를 쿡 찔렀다. 그 친구는 내가 "나 진심인데?"라고 말하자 "진짜요?"라며 눈을 크게 떴다. 그 역시 결혼 추천한다는 얘기를 주변에서 처음 들었단다. 그 친구는 놀랐고 나는 그러려니 했다. 일종의 마초이즘인지, 실제론 그렇지도 않으면서 남자들은 밖에서 결혼이라는 체제에 반기를 드는 사람처럼 자길 포장한다. 그게 아니라면 행복을 솔직히 인정하는 걸 면구스러워하는 희한한 분위기 때문일 수도 있겠다. 뭐건 간에 참 멋없다.

나는 결혼을 추천하는 사람이다. 물론 좋은 짝을 찾았을 때 얘기고 마구잡이로 결혼하라는 건 아니다. 내가 결혼으로 얻은 것, 느끼는 것 들을 다 쓰기엔 아마 책 한 권으로도 부족할 거다. 결혼율이 늘어난다고 내가 정부에서 건당 인센티브를 받는 것도 아니고 떨어져 가는 출생률을 높여야 한다는 괴이한 애국 신념 같은 것도 없다. 그저 젊은 사람들이 제대로 된, 주체적인 판단을 했으면 싶은 마음이지. 결혼 전도사 마냥 먼저 나서서 결혼을 사방에 추천할 오지랖은 없지만 젊은 친구들이 결혼에 관해 진지하게 물어 올 때면 종종 그런 얘길 한다. 주위에서, 그리고 미디어에서 장난스레 하는 말들을 진짜라고 생각하면 안 된다고. 그런 과하게 가공된 인식들을 다 배제하고 본인이 진지하게 판단하라고. 우습게도 그렇게 만들어진 결혼의 부정적인 이미지들이 희화화해 조금씩 사실처럼 받아들여지고 있으니까. 반복된 농담이 사회적 인식을 형성하는 과정은 단순하면서도 강력하다. 더욱이 요즘은 사회적으로 결혼과 육아가 더없이 공포스럽게 비치는 시대 아닌가.

결혼과 육아의 가장 끔찍한 케이스만 모아서 지옥도처럼 전시하는 TV 프로그램들, 그놈의 TV 프로그램들 좀 없어지면 좋겠다 싶을 때가 많다. 제작자의 의도가 어떤지는 단언할 수 없지만 사회에 좋지 않은 영향을 훨씬 많이 끼치고 있다고 보는 건 나만이 아닐 거다. 그런 것들은 문화적 각인이나 사회적 학습처럼 작용해 불안과 의심을 조장한다. 그렇게 결혼과 육아에 대해 불안이나 의심이 생긴 사람은 상술한 유부남 농담을 그 불안의 증거로 삼아 부정적인 인식을 강화한다. 그 후론 그것이 대체적인 사실인 것처럼 그 방향의 논거와 주장만을 귀담아듣는다. 이 밑도 끝도 없는 확증편향의 반복이 결국 결혼을 지옥으로 보이게 한다.

결혼 생활엔 장단이 있다. 갈등이 없을 수도 없고 불만이 없을 수도 없다. 결혼한다고 꽃밭만 걷는 것도 아니고 잘못한 결혼은 큰 불행으로 이어지기도 한다. 이런 건 그저 상식의 범위 안에 있는 이야기다. 그걸 모르는 사람은 없다. 결혼을 추천한다는 나도 아내와 의견 차이로 다툴 때가 있고, 말도 안 되는 일로 서로 삐치거나 답답해서 가슴을 치거나 하는 일이 있다. 평생 다른 삶을 산 두 사람이 살을 맞대고 사는 일인데 아무 갈등이 없을 거라고 생각하는 게 비이성적이지 않나. 대부분의 부부는 갈등을 겪고 때론 그 감정의 부딪힘이 아슬아슬한 선까지 격상하는 일도 있다. 그 선을 넘어 정말 지옥 같은 결혼 생활을 겪는 사람도 있겠지만 대부분은 그렇지 않다.

진짜 그런 삶을 사는 사람들이 푸념을 한다면 그러려니 하겠지만 실제론 그렇지도 않으면서 덮어놓고 결혼이 인생의 무덤인 것처럼 장난스레 말하는 것은 배우자에 대한 모독이자 당신이 한 서약에 대한 모독이다. 그것도 내 배우자가 없는 자리에서 하는 아주 질 나쁜 모독. 결혼을 고민 중인 분들은 주위에서 하는 경박한 이야기들 듣지 말고 정말 좋은 사람이 있다면 진지하게 결혼을 생각해 보시라고 권하고 싶다. 으레 그런 후진 농담이 재밌다 생각하는 철없는 아저씨들의 말이니까 곧이곧대로 직역하면 대체로 오역이 된다. 이럴 땐 행간을 읽어서라도 정역을 하자.

결혼을 추천하느냐고 진지하게 묻던 처남은 얼마 전 좋은 사람을 만나 세상 예쁘게 꽁냥꽁냥 잘 살고 있다. 그렇게 개구지고 환한 웃음을 13년 만에 처음 보일 정도로.

반복된 농담이 사회적 인식을 형성하는

과정은 단순하면서도 강력하다.

놀라운 아이

"아빠 보고 싶다."

어젯밤 아내가 자러 들어가기 전 뜬금없이 말했다.

매년 성묘만 가도 우는 아내이기에 새삼스러운 말은 아니지만 요즘 들어 아버님을 더 그리워하는 것 같다. 아내가 자러 들어가고 혼자 밤에 남겨져 일을 하고 있으려니 나도 문득 아버님이 그리워졌다. 정말이지 날 살갑게 대해 주시던 분이다. 무뚝뚝한 한국 남자들이 으레 그렇듯 나는 아버지와 사이가 좋지 않았고 아버님 역시 아들(나에겐 처남)과 데면데면한 사이였다. 한국 남자들은 어찌들 이렇게 똑같은지. 나는 아버지를 사고로 잃으면서 견원지간으로 지내던 아버지와 얼굴을 맞대고 화해할 기회를 영영 놓쳐 버렸다. 아주 친밀한 사이가 될 순 없었겠지만 그래도 같이 늙어 가다 보면 어색하게나마 손을 잡게 될 날이 오지 않을까 생각했는데. 모르겠다. 어쩌면 이렇게 가족 영화의 해피엔딩 같은 장면을 떠올리는 건 아버지가 돌아가셨기 때문일지도. 살아계셨으면 아마 아직도 서로 으르렁 못 잡아먹어 안달이었을 거다. 산 자와 화해하는 게 어디 쉬운 일이던가. 그러니 아버님이 생전에 아들과 쉽게 화해하지 못한 건 어찌 보면 당연했다. 화해라기보다 이제와 다가서기가 어려우셨던 거다. 처남은 꼭 그 시절의 나 같아서 이미 멀어질 대로 멀어진 아버지의 손을 잡을 생각이 없었다. 고집불통이던 나와 판박이. 처남도 지금에야 비로소 아버님과 화해를 한 모양이다. 내가 뭐랬어. 산 자와 화해하는 건 쉬운 일이 아니라니까.

저런 이유로 나는 아버님과의 관계를 내게 주어진 두 번째 기회로 여겼고 아버님은 그저 싹싹한 사위에게서 순종적인 아들의 흔적을 찾으려 했다. 묘하게 두 사람의 필요가 일치했다. 그러니 얼마나 죽이 잘 맞았을까. 해외는 모르겠지만 한국엔 이런 장인-사위 관계가 생각보다 흔하다. 종종 불콰하게 취해서 웃으며 하시던 말씀이 생생하다.

"황 서방, 장인과 이렇게 나와서 술 마시고 얘기하고 어울리는 시간이 너무 순식간이야. 나도 날 그렇게 예뻐하시던 장인어른이 늘 그런 말씀을 하셨는데 정말 그러더라고. 아마 자네도 그럴 거야."

　단둘이 나가 술자리를 할 때마다 하시던 말씀이다. 나는 그때마다 팔순, 구순까지 사위랑 술 드시려면 제발 약주 좀 줄이시라고 되도 않는 타박을 했다. 그러곤 둘이 껄껄대고 웃었다. 이게 매번 반복되는 우리의 루틴 같은 대화였다.
　결혼과 동시에 15년 흡연 인생을 끊어 낸 나는 아버님과 술을 마실 때면 가끔 담배를 받아 피웠다. 애연가들은 알 텐데 담배를 함께 피우는 경험은 정을 쌓는 데 아주 유효하고…… 어쩌고저쩌고 뭔가 핑계를 써 보려 했는데 사실 그런 건 아니고, 애연가들은 그냥 누군가와 같이 담배 피우는 걸 좋아한다. 이건 정이라기보다 폐를 망치고 있다는 죄책감을 함께하는 동질감, 전우애(?) 같은 거다. 생전에 워낙 캠핑을 좋아하셔서 매년 세 번 정도는 가족이 모여 캠핑을 갔다. 다 같이 저녁을 즐기다가 슬슬 밤이 되고 어머님과 아내가 펜션으로 들어가면 우리만 캠핑 사이트에 남았다. 그리고 밤새 모닥불 앞에 앉아 주거니 받거니 술을 마시며 청년

들처럼 수다를 떨었다. 나는 금연을 워낙 쉽게 했고 금단 현상으로 고생도 하지 않았다. 결혼식 날 금연하겠다 선언하고 마지막 담배를 피우고는 그대로 끊었다. 그 후로도 담배를 피우고 싶은 마음이 든 적은 없었으나 모닥불 맞은편에서 혼자 담배를 태우고 계신 모습을 보니 너무 적적해 보였다. 정말 맹세코 담배가 피우고 싶었던 건 아니다. 정말이라니까. 그래서 저도 담배 한 대 주십사 넉살을 떨었다. 아버님 얼굴에 화색이 돌았다. 맏사위가 담배도 모르고 술도 잘 안 마시는 재미없는 녀석이라고 생각하셨던 거다. 늦게 아셨지만 사실 나는 술도 아버님보다 잘 마셨다. 그렇게 캠핑을 가거나 광주 시내에서 함께 술을 마실 때면 아버님께 담배를 한두 대 받아 피우곤 했다. 그리고 돌아오면 또 몇 개월 뒤 아버님을 만날 때까지 담배를 피우지 않았다. 담배 냄새를 정말 질색하던 아내였지만 아버님과 피우는 한두 대 정도는 아무 말도 하지 않았다. 아내도 아버님과 아주 친밀한 사이는 아니었지만 아버님의 외로움을 누구보다 신경 쓰고 남 몰래 챙기는 딸이었으니까. 나는 아버님이 돌아가신 후로 아직까지 담배를 피운 적이 없다.

　다시 돌아와, 아내가 자러 들어가고 밤에 홀로 남겨져

모니터 앞에 앉아 있던 나는 문득 아버님과 피우던 담배 맛이 떠올랐다. 그 겨울 밤 공기와 쌉쌀한 담배 맛, 사람 좋던 당신의 큰 웃음. 나도 아버님이 그리워져 사진첩을 뒤졌다. 그리고 가장 당신답게 웃고 있는 사진을 골라 폴라로이드로 출력했다. 그러곤 사진을 싱크대에 올려 뒀다. 다음 날 아침, 일어나 커피를 만들러 부엌에 들어갔다. 아내는 아이를 등원시키고 잠시 외출 중인가 보다. 싱크대 위에 A4 절반 정도되는 종이가 보인다. 그 종이 한 구석엔 간밤에 내가 뽑은 아버님 사진이 풀로 붙어 있고 그 아래 크레용으로 삐뚤빼뚤 쓴 문구가 있다.

　　'만았던 츄억들. 엄마 울지 마. 사랑해♥'

　　아이가 유치원 등원 전에 만든 게 분명하다. 내가 자고 있던 아침 새 무슨 드라마가 있었는지 알 만하다. 다만 마음에 걸리는 게 하나. 오늘 아침 아이가 자고 있는 내게 뛰어와 뭔가를 들이밀고 신이 나서 설명했던 기억이 얼핏 난다.

　　"아빠, 이거 내가 만든 건데 뭐냐면……."

이런 일이 워낙 많기도 하고 어제도 비슷한 걸 본 게 많아서 그중 하나이겠거니 했다.

"어…… 너무 예쁘다. 아빠 어제 봤어. 잘했어. 최고야."

눈도 못 뜨고 보지도 않고서 어제 본 것인 양 말을 해버렸다. 아이는 아무 말없이 방을 나갔지만 어떻게 생각했을까. 정신을 차리고 나니 아침 내내 마음에 걸린다. 엄청 자랑하고 싶어서 가져왔을 텐데. 오늘은 하원과 동시에 호들갑을 스무 배쯤 떨어 칭찬해야겠다.

영어에선 애가 착하다, 똑똑하다, 용감하다, 다정하다 등등의 긍정적인 의미를 모두 담아 흔히들 "She is an amazing kid(그 아이는 놀라운 아이다)."라고 말한다. 아이를 칭찬할 때 가장 많이 쓰이는 말일 거다. 한국어로 딱 떨어지는 표현도 없고 화자에 따라 매번 다른 뜻으로 쓰이기 때문에 그때마다 '놀라운'으로 번역하면 오역에 가깝다. 하지만 이럴 땐 문자 그대로 옮기고 싶어진다.

우린 정말 놀라운 아이를 키우고 있다.

어쩌면 이렇게 가족 영화의 해피엔딩 같은
장면을 떠올리는 건 아버지가 돌아가셨기 때문일지도.
살아계셨으면 아마 아직도 서로 으르렁
못 잡아먹어 안달이었을 거다.
산 자와 화해하는 게 어디 쉬운 일이던가.

육아는 지지고 볶는 것

프랑스인을 만나면 자꾸 육아에 대해 묻게 된다. 프랑스 엄마 어쩌니, 프랑스 육아법이 뭐니 하는 책도 많고, 프랑스 부모는 자녀들을 아주 엄하게 키운다며 자성의 목소리를 드 높이는 부모들도 있고, 미디어에서 프랑스 육아를 거의 신격 화하다시피 하는 일도 흔해서 진짜로 어떤지 궁금한 거다. 그래 봐야 프랑스인을 서너 명 만나 본 게 전부라 일반화할 수 없지만 내가 만난 프랑스인들에겐 프랑스 육아에 관해 딱히 좋은 말을 못 들었다. 게다가 그중 한 명은 치를 떨 정 도로 소위 프랑스식 육아라는 것에 반감이 컸다.

그들의 말 중에서 '퍼블릭 셰이밍 *public shaming*'이라는 말 이 워낙 강렬해서 기억에 남았다. 공공장소에서 망신 주기, 창피 주기 정도로 옮길 수 있는 말인데 자기들이 아는 한 그 시절 프랑스 부모들은 대부분 저걸 서슴지 않고 했다는 거다. 퍼블릭 셰이밍의 구체적인 예를 물어보니 외출 중에 아이를 길에 세워 두고 크게 혼을 내거나, 식당 같은 곳에서 공개적으로 혼을 내거나, 심지어는 아이 따귀를 치거나 하는 것들이었다. 후려갈기는 건 아니고 보통은 손목만 돌려 탁 치는 정도. 2016년 프랑스의 OVEO *Observatoire de la Violence Educative Ordinaire*라는 체벌 반대 시민 단체의 국회 제출 보고서를 보면 프랑스 부모 중 85퍼센트가 훈육을 위해 아이를 때린 경험이 있다고 답했다.

프랑스엔 '비엥 엘르베*bien-élevé*'라는 사회적 개념이 있다. '잘 양육된', '잘 교육된'으로 해석할 수 있는 저 말은 17~18세기 귀족 문화에서 시작된 개념이다. 쉽게 말해 못 배운 사람처럼 굴지 않도록 가정에서부터 교육을 시켜야 한다는 얘기다. '비엥 엘르베'는 프랑스의 지나치게 엄격한, 때론 혹독한 훈육을 합리화하는 기반이 됐다는 비판을 받기도 한다. 부모가 과도한 순종을 강요해서 아이가 자기감정을 표현하는 데 서툰 사람으로 성장하거나 성인이 돼서도 늘 완벽한 태도를 유지해야 한다는 강박을 겪는다는 거다.

내가 만나 본 프랑스인들의 나이대는 20대 중반에서 30대 중반이었는데 다들 부모를 사랑하지만 친밀하고 애틋

한 마음까지는 없다고 했고 한 명은 부모를 아주 싫어했다. 어떤 사람은 퍼블릭 셰이밍이나 실수마다 오목조목 따지며 아이를 가르치는 정 없는 훈육법이 부모, 자식 간 사이를 갈라놓는 주범이라고까지 말했다. 그리고 자기들 세대엔 퍼블릭 셰이밍을 학교에서 벌어지는 학교 폭력*bullying*의 근본적인 원인으로 지적하는 시선도 있다고 했다. 자기보다 힘 있는 누군가가 날 힘으로 누르는 것에 익숙해진다는 거다. 2018년쯤 프랑스에도 체벌 금지법이 만들어졌다. 바로 몇 년 전이니 유럽에서도 아주 늦게 체벌 금지국이 된 셈이다. 지금은 어떤지 직접 듣지 못했지만 법이 생기자마자 모두가 따를 리도 없고 전통처럼 여겨지던 훈육 양식이 일순간에 바뀔 가능성은 크지 않다고 보는 게 합리적일 거다. 그런 것들에 반감을 가진 세대가 기성세대가 되고 있으니 천천히 변하기야 하겠지.

한국에서도 체벌이 너무 당연하던 때가 있었다. 잘못하면 엄마, 아빠에게 혼쭐나는 거다. 그렇다고 애를 주먹으로 패거나 하는 일은 흔치 않았다. 빗자루나 옷걸이, 파리채, 혹은 미리 만들어 둔 회초리 등을 썼지. 물론 지금이야 한국에서도 체벌은 흔치 않다. 그런데 흥미로운 건 이렇게 파리채만 들어도 아동 학대라고 난리를 치는 나라에서도 일부는 프랑스 엄마의 따귀나 퍼블릭 셰이밍을 마치 대단히 세련된 선진국의 훈육법인 양 합리화·신격화한다는 거다. 이건 전형적으로 잘못된 믿음에 기인한 오역이다. 혹은 의도적인 오역일 수도 있고.

얼마 전 어느 유튜브 채널에서 프랑스 가정에 관한 이야기를 봤다. 프랑스 가정에선 아이들이 어른들 말에 끼어들지 못하게 원천봉쇄하고 "어른들 대화에 끼어들고 싶으면 우리가 흥미를 가질 주제를 가져와라."라고 한다는 내용이었다. 진행자는 뭐가 더 옳다고 판단하지는 않았고 우리와 사뭇 다른 가족 분위기를 팩트로 전하는 정도에 그쳤다. 그런데 무심코 댓글을 보다가 거기서도 저런 프랑스식 똑 부러진 부모들의 훈육을 거의 칭송하는 듯한 말들을 보고는 의아해졌다. 나는 저게 좋은지 정말 모르겠거든. 아이들은 얼토당토않은 이야기들을 시도 때도 없이 꺼내고 어른들이 상상도 못할 아주 황당한 방식으로 전달한다. 게다가 하고 싶은 말은 어찌 그리 많은지.

내가 아이와 함께하는 식탁에서 깨달은 게 하나 있다면 어른들이 아이의 수준에 맞춰 대화하는 게 더 많은 대화를 끌어낼 수 있고 더 즐겁다는 거다. 원래 우리 부부는 습관처럼 아이를 옆에 두고도 우리 얘길 했다. 돈이며 양가 사정이며 정치며 교육이며 일이며 소위 어른들의 이야기. 심지어는 아이가 뻔히 옆에 있는데 이 아이에 관한 이야기를 했다. 마치 아이가 투명인간인 것처럼, 못 듣는 것처럼. 생각해 보면 이건 정말 이상한 일이다. 사람은 보통 셋이 이야기할 때 둘이서 다른 한 명을 철저히 무시하고 이야기하지 않는다. 그런데 우린 너무나 당연하게 아이 앞에서 이렇게 대화해 왔다. 아이가 대화를 알아들을 리 없다고 생각했으니까.

그러다 보니 아이가 식탁에 있는 게 재미없어서 자꾸만 다른 쪽으로 시선을 돌린다. 거실 자기 탁자에 올려 둔 색칠 공부 책을 가져오거나 소파에 앉아 장난감을 갖고 놀거나 자기가 좋아하는 책을 식탁으로 가져와 읽어 달라고 조르기도 한다. 난 이런 행동이 식사 매너에 어긋난다고 훈육으로 잡아 줘야 한다고 생각했다. 그런데 생각해 보니 사실 잘못한 건 아이가 아니라 어른들이었다. 같은 식탁에서 밥을 먹으면서도 우리가 아이를 철저히 무시했고 아이를 우리 대화에 끼워 주지 않았다. 정확히 말하면 아이가 낄 수 있는 대화를 하지 않았다. 그러니 식탁에 있는 시간이 재미없고 다른 행동으로 부모의 관심을 끌려 할 수밖에. 다른 사람들과 밥 먹을 땐 그러지 않으면서 왜 아이랑 먹을 때는 그랬을까 싶다. 아이를 존중하지 않았다는 생각이 들었다. 그 후론 아이와 함께 있는 자리면 최대한 아이와 같이 나눌 수 있는 화제를 찾는다. 당연히 어른들에겐 별 재미없는 주제다.

로미가 어떤 티니핑이랑 변신해야 제일 예쁜지, 내일 유치원 가면 뭐하고 놀고 싶은지, 콰지가 타고 다니는 탐험선은 뭔지 따위의 어른들 수준엔 절대 맞지 않는 시답잖은 얘기. 혹은 아이가 끼고 싶어 하면 어른들의 화제도 아이가 알아듣게끔 아이 버전으로 길게 풀어 설명한다. 난 이런 화제들을 어른들이 꺼내고 맞춰야 한다고 생각하는 쪽이다. 아이에게 때 이른 성숙을 요구해선 안 된다고 생각한다. 부모에게 편리하게끔 교육한 아이를 성숙이란 이름으로 부르는 것도 내키지 않고. 간혹 영특한 아이는 어른들이 흥미를 가질 화제를 가져올지 모르나 그래 봐야 두어 마디다. 어른이 맞추지 않는 한 대화가 이어질 수 없다. 고등학생쯤 되는 나이에도 크게 다를까 싶다. 대화 수준의 차이는 있겠지만 그때도 아이와 함께 나눌 수 있는 화제를 부모가 찾는 게 좋다는 생각이다. 그래야 아이의 관심사도 알지 않을까. 예의

에 크게 어긋나는 상황만 아니면 아이들이 계속 말에 끼어
드는 것들을 오히려 즐기려 하는 중이다. 정 어른들의 대화
를 해야 한다면 아이가 없는 곳에서, 혹은 아이가 우리 대화
에 끼지 않고도 따로 즐겁게 할 일이 있는 상황에서 하는 편
이 낫다. 아이에게 어른의 눈치를 가지라며 강요할 순 없다.
앞으로 아이와 식탁에서 이야기할 시간이 생각보다 그리 길
지 않다는 점도 생각해야 하고.

프랑스니 스웨덴이니 덴마크니 어느 교육 선진국의 육
아법, 훈육법이 돌아가며 유행하곤 하지만 육아와 훈육에
정답을 제시할 수 있는 사람은 없지 않을까. 각 나라의 방식
마다 장단점이 분명할 거다. 육아와 훈육에 관한 고민이 길
어질수록 생각이 단순해진다. 대전제만 지키면 되는 게 아닐
까 하는 것으로. 그 대전제라는 것도 사실 아주 상식적이고
기본적인 수준의 것들이다. '아이의 안전을 최우선한다.' '아
이를 존중하고 사랑한다.' '타인에게 예의를 지키고 해를 끼
치지 않게 한다.' 같은.

육아와 훈육은 복잡하지만 또 생각해 보면 그리 복잡하
지 않고 반대로 정답이 있는 것 같으면서도 정답이 없다. 프
랑스식이든 한국식이든 필요한 것은 가져오고 불필요한 것

은 버리고 소신 있게 아이를 키워야 한다. 그런데 막상 부모가 되면 육아와 훈육에 지름길이나 정도가 있다는 듯 쉽게 하는 말들에 귀가 쫑긋하기 마련이다. 참 무시하기가 어렵다. 그야말로 정보 과잉의 시대고 넘치는 정보 중엔 태반이 틀린 정보라 그것에 기인해 번역하다간 오역하기 십상이다. 그러니 나는 왜 남들처럼 프랑스식이니 뭐니 선진국식(?)으로 애를 키우지 못하나 전전긍긍하지 않았으면 좋겠다. 원래 육아와 훈육의 본질은 지지고 볶는 거다. 이것만은 전 세계 공통일 거다. 답은 모두 알지 않나.

우린 우리대로 최선을 다하면 될 뿐이다. 그거면 됐다.

생각해 보면 이건 정말 이상한 일이다.

사람은 보통 셋이 이야기할 때

둘이서 다른 한 명을 철저히 무시하고 이야기하지 않는다.

그런데 우린 너무나 당연하게

아이 앞에서 이렇게 대화해 왔다.

아이가 대화를 알아들을 리 없다고 생각했으니까.

엄마의 말을 번역하지 않기로

1년에 두 번 아버지 묘에 성묘를 가는데 대부분은 엄마와 둘이서 간다. 묘가 익산에 있어서 보통은 왕복 일곱 시간, 차가 밀리면 견적이 안 나오는 길이다. 그런데 그 시간이 나름 재미있다. 평생 한 자리에 일고여덟 시간씩 앉아서 엄마와 얘길 해 본 적이 없으니까. 대부분 그렇지 않을까. 그럴 땐 평생 건네 본 적 없는 질문들을 던져 본다. 엄마 어릴 때 얘기, 아버지와의 젊은 시절 얘기, 나 갓난아기 때 얘기 등등. 장인어른 살아계실 때도 둘이 술을 마시면 늘 그런 것들을 여쭤봤다. 장모님과 연애하시던 시절 얘기나 고등학교, 대학 시절에 어떠셨는지 같은 이야기들. 어른들은 나이 먹고 그런 질문을 받아 본 적조차 없다는 듯 의아하게 쳐다보면서도 신이 나서 옛날이야기를 풀어놓는다. 아마 아버님의 비화는 아내보다 내가 더 많이 알걸.

우리 집은 과장을 전혀 보태지 않고 드라마로 찍어도 이런 개막장 판타지가 말이 되냐고 시청자 항의를 받을 수준으로 어머니를 갈아 넣어 간신히 유지된 가정이다. 그 말도 안 되는 막장드라마 속에서 온갖 설움을 받으며 기어이 자식들을 키워 내셨다. 익산까지 운전하며 그 힘든 시절 사연을 잔뜩 묻고 또 듣고 하다가 뻔하디 뻔한 질문을 건넸다.

"그 고생을 했는데 다시 태어나면 아버지랑 또 결혼할 거야?"

나는 내심 어느 예능 방송에서 본 것 같은 대답을 바랐다. 아무리 고된 인생을 살게 되더라도 널 낳아 키울 수 있다면 다시 결혼하겠노라고. 그런데 엄마의 반응은 의외였다.

"절대 안 하지. 다신 그렇게 살기 싫어."

나는 은근히 서운해서 속마음을 담아 노골적으로 물었다.

"그럼 나랑 모자 사이로 못 만나는데? 그래도 괜찮아?"

엄마는 잠시 뭔가 말을 고르는 것처럼 뜸을 들이다 미안한 듯 입을 뗐다.

"너는 더 좋은 집에서 더 좋은 엄마한테서 태어나야지. 내가 너무 못해 줬어."

말문이 막혔다. 농담이 나오질 않았다. 그냥 언젠가 방송에서 들은 것 같은 뻔한 정답을 들었더라면 기분 좋게 웃고 말았을 것. 부모들은 평생 뭐가 그리 미안한지 모르겠다.

아마 진심이 아닐 거다. 아주 극단적인 예를 제외한다면 내 자식의 부모가 아니던 세상으로 돌아가는 것을 택하는 부모는 없다. 그래서 나는 저 말을 따로 번역하지 않기로 했다. 당신의 말은 내게 너무 뻔히 읽혀서 때론 번역하는 것조차 미안할 때가 있다. 다신 그렇게 살기 싫다며 돌아가면 아버지와 결혼하지 않겠다 하지만 지금도 늘 그립다고 틈만 나면 아버지 얘길 하는 사람이니까.

사실 아버지는 생전에 엄마를 어지간히 무시했다. 당신은 고졸이고 엄마는 국민학교도 못 나왔다며. 엄밀히 말하면 고졸이 아니라 고교 중퇴였지만 당신에겐 그것도 엄청난 프라이드였는지 늘 졸업이라고 얼버무리고 넘어가기 바빴다. 어려서부터 귀에서 피가 나게 들은 얘기 중 하나는 "그 시절엔 고등학교만 나와도 대학 뺨치는……"으로 시작되는 아버지의 길고 긴 자기애적 자기 연민의 역사다. 듣기 괴로운 거야 만성이니 그렇다 쳐도 길고 긴 자기 헌사가 끝날 때쯤이면 꼭 엄마의 짧은 가방끈을 물고 늘어졌다.

엄마는 가난한 집 8남매의 맏딸로, 당시 형편이 어려운 강원도 시골에서 으레 그러했듯 집안의 살림 밑천처럼 자랐다. 나이가 두 자리가 되기도 전부터 새벽같이 일어나 당신의 어머니와 밥을 짓고 청소하고 빨래하고 동생들 기저귀를 갈고 밭에 나가 김을 맸다. 학교를 제대로 다닐 환경이 아니다. 엄마는 국민학교 2학년쯤 학교를 관뒀다고 했다. 아버지는 아내의 학력이 당신보다 못한 것을 거의 신분 차이인 것처럼 말하곤 했다. 밖에서 무시당하고 인정받지 못하면 집에서라도 억지 권위를 세우고 싶은 법이다. 그렇게 궁색맞게 자길 치켜세워 봐야 자괴감만 남을 것을. 명석했던 당신이 그

걸 모를 리 없다. 그럼에도 엄마를 무시하는 것으로 당신의 자존감을 회복하려 했다.

나이를 꽤 먹은 지금, 그렇게 칙살맞던 당신을 생각하면 한편으론 가엽다. 측은하다. 그리고 당신에게 무시당하던 엄마를 생각하면 더더욱 가엽다. 엄마는 그렇게 평생을 무식하단 소릴 듣고 살았지만 딱히 대꾸를 못 했다. 사실이니까. 아마 사실이라 더 상처가 됐을 거다. 몇 년 전 초등학교 2학년으로 야학에 입학한 엄마는 어느새 중등 과정을 마치고 내년 3월이면 고등학생이다. 중학교 졸업 사진을 찍었다며 학사모를 쓰고 학사 가운을 입고 한껏 상기된 얼굴을 한 사진을 보내왔다. 어느새 고등학생이 됐다. 내년부터는 나도 고등학생 학부모구나. 당신이 수십 년 청소원으로 일했던 대학교, 그 대학에 들어가는 게 꿈이라고 했다. 마침 엄마의 야학과 자매결연이 돼 있는 학교다. 등록금을 내주겠다 담담하게 말했지만 상상만 해도 내가 다 설렌다. 엄마의 졸업 얘기를 나도 모르게 아내에게 자주 했나 보다. 아내가 웃는다.

"자기 어머님 중학교 졸업하신 게 되게 좋은가 보다."

그래, 좋은가 보다. 이제 학력이 같아졌는데 하늘에서 아버지가 얼마나 무안한 표정을 하고 있을지도 궁금하고. 나이도 먹었겠다, 살아계시면 면전에 대고 농을 한번 던지는 건데.

　이제 어째요. 아버지랑 엄마가 학력이 같아졌는데. 아마 나중에 하늘에서 만나면 엄마가 더 고학력자일 거예요. 그땐 알아서 잘 모시도록 하세요.

"너는 더 좋은 집에서 더 좋은 엄마한테서 태어나야지.

내가 너무 못해 줬어."

말문이 막혔다. 농담이 나오질 않았다.

많이 보고 싶을지도 모르니까

"슬픔이 올 땐, 홀로 은밀히 오지 않고 떼로 몰려온다 (When sorrows come, they come not single spies, but in battalions)."

셰익스피어 〈햄릿〉 4막 5장 말씀. 여기서 '슬픔'을 '일'로 바꾸면 프리랜서의 삶이 된다. 프리랜서의 일이라는 게 그렇다. 일이 적거나 없을 땐 불안해서 발발대다가 어느 순간 일이 몰려들어 헉헉거린다. 1년을 잘 나눠 균일하게 일이 들어오면 좋으련만 꼭 이렇게 들쭉날쭉이라 사람 속을 태운다. 그래도 일이 없어 불안한 것보단 일이 많아 허덕이는 게 낫지만.

요즘은 일이 떼거리*battalions*로 몰려와 있는 시기다. 영화 번역가에게 성수기, 비성수기가 따로 있는 것은 아니지만 특정한 조건 하에선 일이 뭉텅이로 움직이기도 한다. 가령 흥행이 거의 확실시되는 초대형 블록버스터의 개봉이 확정되면 나머지 영화들은 피치 못할 사정이 있는 게 아니면 개봉 일정을 변경해 대결을 피하는데 이럴 때 쌓인 영화들이 뭉텅이로 개봉하곤 한다. 숲에 호랑이가 자릴 비운 시기. 이때는 수많은 여우들이 호랑이가 되고자 왕위를 두고 다툰다. 골든 글러브나 오스카 같은 시상식이 있는 시즌도 그렇다. 시상식의 후광을 노린 작품들이 개봉을 미루고 있다가 대거 등장한다. 매번 그런 것은 아니지만 이런 특별한 시즌엔 아무래도 일이 몰려오기 쉽다. 서둘러 번역해서 투자자와 극장에도 보여 줘야 하고 마케팅 전략도 세워야 하니 이때 클라이언트는 번역가의 납고 메일만 기다린다.

밀려든 일을 쳐 내느라 전날 밤샘 작업을 하고 10시쯤 느지막이 일어났다. 반쯤 뜬 눈으로 커피 물을 올리고 토스트를 굽는다. 먼저 구워진 토스트를 한입 베어 물자마자 휴대폰 화면이 켜진다. 집 근처 인터뷰 장소에 먼저 도착했다며 천천히 오시라고 하는 어느 잡지사 기자의 문자다.

아, 오셨구나.

……오셨구나??!!

저녁에 잡혀 있던 타 언론사의 전화 인터뷰와 일정을 혼동했다. 최근 일정이 워낙 복잡하다 보니 넋을 놓고 있었다. 양해를 구하고 10분 만에 준비를 마치고 후다닥 뛰어나갔다. 일이 올 땐 떼로 몰려오는데 나는 번역 일과 더불어 몰려오는 다른 일 군단들이 있다. 클라이언트들이 부탁하는 작품 홍보 인터뷰나 GV*guest visit* (영화 해설) 등이다. 요즘엔 공연 번역 작업이 늘어서 미팅도 많고 연습실에 나가야 하는 일도 많다. 내 책상 앞, 그 작은 초소가 내 전장의 전부였지만 이제는 뛰어다녀야 할 전장이 넓어도 너무 넓다.

아침부터 혼이 쏙 빠진 채로 일정을 소화하고 그사이에 번역 작업들을 하고 저녁 8시쯤 마지막 일정으로 〈별이 빛나는 밤에〉 라디오 녹음을 나가는 길. 방금 짐을 챙기며 살갑게 인사를 나눈 딸이 내 방에서 만화를 보다 말고 내복 차림으로 쪼로록 현관에 나와서 그런다.

"우리 한번 꼬옥 껴안자."

"응?"

"많이 보고 싶을지도 모르니까."

　가방을 내려놓고 무릎을 꿇고는 꼬옥이 아니라 힘껏 안 았다. 특별한 말도 아니고 외출할 때마다 이 녀석이 종종 하는 말이다. 너무나 뻔한 말인데 문맥에서 다소 벗어나 있다. 두 시간이면 다시 볼 수 있는데 저런 말은 긴 시간, 먼 거리를 두고 헤어지는 사람이 하는 말이다. 아직 표현이 완전하지 않은 나이라 정갈한 문장을 구사하진 못한다. 그래서 나는 습관처럼 아이의 말이 무슨 뜻인지 번역하려 든다. 저 문장에선 두 시간을 아주 긴 시간으로 인식하는 걸까? 잠이 들었을 때 들어오니까 아침에나 볼 테고 그러면 아이에게는 두 시간이 아니라 열두 시간쯤 되는 걸까? 혹시나 내가 없을 때 두려움이나 결핍을 느끼는 걸까?

　내 번역은 평소의 직업적 추론을 벗어나 신비의 영역까지 간다. 나 다시는 우리 딸 못 만나나? 나는 못 느끼는 뭔가가 있어서 뉘앙스에 반영된 걸까? 이쯤 되면 이게 무슨 불길한 전조인가 싶은 망상이 든다. 영화에나 나오는 그런 장면 말이다. 꼭 다음 전투에서 전사하기 전에 낄낄대며 전우들에게 가족사진을 보여 주는 사망 플래그 같은. 별다를 것

없는 외출인데도 아이의 그 말을 들으면 그 말도 안 되는 오역을 근거로 겁이 덜컥 난다. 그때마다 나는 한없이 약해진다. 혹시라도, 만에 하나 다시는 못 보는 일이 생길까 하고.

사랑은 사람을 강하게 한다. 모든 부모가 그렇듯 자식을 위해서라면 못 할 일이 없다. 목숨을 내놓아야 한대도 아마 고민도 하지 않을 거다. 나는 사랑 앞에 용감하고 강한 아빠다. 그런데 사랑은 사람을 한없이 약하게 하기도 한다. 나는 행여나, 혹시나 이 행복을 잃을까 매일매일 안절부절못하는 약하디 약한 아빠다. 집에 들어와 잠든 아이의 얼굴을 한번 쓰다듬고 나면 그제야 생환이다. 전장을 누비다가 네게 살아 돌아왔구나 하는 안도감이 든다. 전혀 위험하지 않았던, 평소와 다를 것 하나 없던 퇴근길인데 혼자만 필사적으로 사지를 건너 귀환이다.

언제까지 이런 망상 같은 오역을 할지 모르겠지만 네 아빠인 이상 아무래도 이 오역을 벗어나긴 글렀다.

아이 사전, 어른 사전

얼마 전 MBC 라디오 프로그램 〈별이 빛나는 밤에〉 고정 출연을 그만두면서 프로그램 DJ인 김이나 작사가에게 디지털 폴라로이드를 하나 선물 받았다. 아이와 추억을 남기는 데 요긴하게 쓰라는 의미 같아 기분이 좋았다. 사진을 찍고 우측 상단에 있는 레버를 당기면 '끼리릭' 하는 소리와 함께 카메라에서 폴라로이드 필름이 인화된다. 그 '끼리릭' 소리는 옛날 필름 카메라에서 셔터를 누르고 필름을 감을 때 나던 소리다. '끼리릭, 끼리릭……' 그 소리가 좋아 몇 번이고 당긴다. 폴라로이드가 원래 그렇지만 필름 값이 어마무시하다. 장당 2,000원, 호환되는 필름을 써도 장당 1,000원. 열 장만 뽑아도 1만 원이다. 그러니 함부로 이것저것 장난을 칠 수도 없고 사진을 신중히 골라 뽑게 된다. 역시나 아이가 이 새로운 장난감을 그냥 둘 리가 없다. 카메라를 보자마자 이내 사진을 찍겠다 달려든다. 거기서 멈췄어야 했다. 사진이 인화되어 카메라 밖으로 나오는 모습을 보여 주는 게 아니었는데. 눈이 동그래진 아이는 그때부터 이것저것 누르고 시도하고 싶어 했다. 찍고 싶은 게 어지간히 많았나 보다.

어제는 뮤지컬 연습 때문에 하루 종일 외부 일정이 있었다. 간신히 일정을 마치고 밤늦게 들어와 보니 내 책상 위에 폴라로이드 사진이 몇 장 있다. 분간도 잘 안 되는 뿌연 아내의 모습, TV 화면의 한 장면, 소파 위에 올라와 있는 인형 따위를 찍은 사진이다. 아무거나 함부로 찍어서 뽑지 말라고 단단히 말해 놨지만 역시 소용이 없다. 처음엔 이 녀석이 비싼 필름으로 아무거나 뽑았구나 싶어 카메라를 숨겨야겠단 생각이 들었다. 내일 유치원을 다녀오면 카메라를 찾겠지만 필름을 아무데나 낭비할 순 없으니까. 카메라를 어디 숨겨야 하나 여기저기 뒤지다가 문득 저 사진들을 왜 찍고 뽑았는지 궁금해졌다. 사실 큰 의미는 없겠지만 아이가 어떤 대답을 할지 궁금했다. 그래서 내일 유치원 하원시키러 가면서 물어보기로 했다.

다음 날 하원하는 차 안, 카시트에 앉은 아이에게 물었다.

"사진 나오는 아빠 카메라 있잖아. 그거로 텔레비전 사진 찍었던데 그건 왜 찍었어?"

"아, 엄마랑 만화 봤는데 너무너무 재밌어서 마음에 담고 싶었어."

아차 싶다. 아무거나가 아니었다. 아무거나 찍었다고 대뜸 넘겨짚었던 게 창피했다. 나도 참 재미없는 어른처럼 생각했구나. 그러고 보니 아무거나가 아니다. 창가에 서 있는 뿌얀 엄마 모습도, 소파에 올려 둔 인형의 모습도, TV의 한 장면도 아이에겐 마음에 담고 싶은 순간이다. 어른의 시선과 아이의 시선은 정말 다르구나. 비싼 필름을 무한 공급해 줄 순 없지만 일단 쟁여 둔 필름 대여섯 팩은 어떻게 쓰든 놔 둘 생각이다. 아이가 평소에 무엇을 마음에 담고 싶어 하는지 관찰하는 재미도 있을 거고. 그런데 마음에 담는다는 표현은 어디서 들었나. 놀랄 틈도 없었네. 집에 와서 아내에게 아이의 말을 전하며 키득대고 웃었다. 그러자 아내는 더 흥미로운 이야기를 꺼냈다. 어제 아이가 엄마와 본 만화는 최근 넷플릭스에 올라온 작품이고 아내가 더빙 번역을 한 작품이란다.

아내는 나와 같은 일을 하는 번역가로 자막 번역도 수준급이지만 더빙 번역에 전문성이 더 있는 사람이다. 아내가 번역한 영화의 더빙판이 극장에 걸리면 아이를 데려갈 때도 있는데 아직 어려서 그런지 아주 어린 아이들이 보는 콘텐츠가 아니면 지루해하거나 무서워한다. 커다란 마녀가 웃는다거나, 시커먼 구름 괴물이 나온다거나 하면 벌써부터 나가자고 조르기 시작한다. 그래서 아내는 자기가 번역한 것들을 좀처럼 아이에게 보여 주지 못한다. 그런데 이번 작품은 혹시 몰라 보여줬더니 푹 빠져서 보더란다. 아내는 크레디트가 올라갈 때쯤 아이에게 더빙 번역에 관해 설명해 줬다. 원래 영어로 나오는 걸 엄마가 한국어로 바꿔서 너희가 볼 수 있게 만든 거라고. 아이가 설명을 제대로 알아들은 건지는 모르겠지만 엄마 대단하다고 엄지를 치켜세우면서 "엄마 최고."라고 했단다. 아내는 담담한 척 말했지만 울컥한 모양이다. 자식에게 번역가로서 최고라는 말을 처음 들은 거니까.

그 말을 듣고서야 그런 생각이 들었다. 어쩌면 아이는 엄마가 번역한 거래서 더 마음에 남기고 싶었던 걸까. 마침 아이가 찍은 건 만화가 끝나고 크레디트 롤이 올라가는 장면이었다. 난 그래서 더 아무거나 찍은 거라고 생각했는데 아주 감동적인 순간에 의미 있는 사진을 찍은 거였구나.

어른의 시선으로 아이의 행동을 번역하다 보면 이런 오역을 저지르기 쉽다. 마치 영어 번역을 해야 하는데 일어 사전을 들고 번역하는 것과 비슷하다. 아이의 말과 행동을 번역할 땐 어른 사전을 잠시 치우고 아이 사전을 펼쳐야 한다.

아무튼 좋겠다. 아내가 부럽다. 나도 번역한 거 보여 주고 아빠 최고 듣고 싶은데. 자막이 뭔지 이해시키려면 아이가 몇 살을 더 먹어야 되나. 내가 그 말 듣고 싶어서 아동 도서도 번역하는 건데 이 녀석이 아빠가 번역한 책은 영 보질 않는다. 그래, 아빠가 번역한 걸 모르면 어떠냐. 그저 네 마음에 담고 싶은 순간이 하루하루 차고 넘치게 찾아오기를.

S#4

저저저
저녁
녁녁

뉴뉴뉴

스스스

가난 올림픽

인터넷에 떠도는 글이든 뉴스든 가난을 파는 게 유행처럼 느껴진다. 사실 인터넷이 없을 때도 서로 자기가 더 가난했다 티격태격하는 일이 잦았으니 유행이라 하기엔 너무 오래된 현상이다. 자기를 전시하는 매체가 늘어 갈수록 눈에 많이 걸리는 것뿐이지. 소위 이 '가난 배틀'이라는 게 우리나라에만 한정된 현상도 아니다. 영어권에선 이런 걸 '가난 올림픽*Poverty Olympics*'이라고 부른다. 우습게도 가난 올림픽은 2008년 캐나다 밴쿠버에서 실제로 개최된 행사다. 2010년 밴쿠버 동계 올림픽을 앞두고 캐나다 정부가 올림픽을 준비하면서 저소득층 지원보다 대규모 개발에 집중하는 것을 비판하는 풍자적 행사였다.

이 올림픽엔 심지어 실제 종목도 있었다. '부동산 개발업자 피하기*Dodge the Developers*'라는 종목에선 부동산 개발업자들이 등장해 가난한 사람들을 밀어내고 고급 아파트를 세우려고 한다. 참가자들은 퇴거 통보를 피하면서 최대한 오래 자기 공간을 유지해야 한다. '푸드 뱅크 100미터 달리기*Food Bank Lineup 100m Dash*'라는 종목도 있다. 참가자들은 무료 급식을 받기 위해 푸드 뱅크 줄을 서야 하는데 배식이 한정돼 있어서 늦게 도착한 사람은 받지 못한다. 그 외에도 '생활비 감당하기*Housing Hurdles*', '가난한 척하기*Pretend to Be Poor*' 등 다양한 종목이 있었다.

'가난 올림픽'이란 표현이 그전에 없던 것은 아니지만 이 행사 후로는 대중문화에서 밈*meme*처럼 됐다. 그런데 이렇게 풍자적인 의도가 아니라 정말 자신의 가난을 내세우는 사람들도 있다. 가난마저 줄을 세우려는 것처럼. 정작 정말 가난했던 사람들은 그 시절 얘기를 그리 달가워하지 않는다. 뭐, 얼마나 좋은 기억이라고. 죽고 싶을 정도로 괴로웠던 건 아니지만 그렇다고 어디서 자랑할 정도로 딱히 유쾌한 기억들은 아니니까.

요며칠 뉴스에서 가난을 파네 어쩌네 하는 헤드라인들을 보다가 문득 그런 의문이 들었다. 어릴 때 우리 집은 그렇게 가난했는데 어떻게 연탄이 떨어진 적이 없을까. 겨우내

부족함 없이 뜨끈뜨끈한 방에서 지낼 수 있던 건 아니지만 덜덜 떨며 냉방에서 지낸 기억이 없다. 생각해 보면 쌀이 떨어질지언정 수제비 해 먹을 밀가루는 늘 있었고 그마저 없으면 눈치가 보이더라도 동네 구멍가게에서 아버지 이름으로 외상을 가져올 수 있었다. 아무리 생각해도 현실적으로 우리 집 사정이면 연탄이 떨어져 냉랭한 골방에서 자야 하고 종종 끼니를 못해야 했다.

그런데 기억을 저 구석까지 뒤져 봐도 냉랭한 골방에서 잔 기억도, 끼니를 거른 기억도 없다. 가장 기본적인 의식주 이외의 것은 사실상 아무것도 못 누렸지만 빈고에 허덕이진 않았다. 어린 시절 우리 집을 아는 사람이라면 진짜 굶은 적 없었냐고 놀라 되물을 거다. 기억을 찬찬히 되짚다가 그런 생각이 든다. 어머니와 아버지는 자식들을 냉방에서 재우지 않으려고, 자식들 배곯지 않게 하려고 얼마나 필사적이었을까 하는. 남들처럼 좋은 옷이며 맛있는 음식이며 유행하는 장난감이며 학원이며 뭐 하나 해 줄 수 없었겠지만 적어도 사람답게 살게 해 주려 얼마나 필사적이었을까. 그래 봐야 당신들 나이 서른 중반, 지금의 나보다 열 살은 어린 나이다. 이제 그때의 당신들보다 나이를 먹어 내 자식 얼굴을 보고 있자니 조금씩 이해가 된다.

'필사적이었겠구나.'

'필사적'의 사전적 정의는 '죽을힘을 다하는 것'이다. 아버지와 어머니는 죽을힘을 다해 바닥이 드러난 쌀독을 간신히 채우고 몇 장 안 남은 연탄을 다시 쌓아 올리고, 기어이 따뜻한 방에서 자식 입에 밥이 들어가는 걸 보고서야 한시름 놓았겠구나. 그 필사적인 삶에서 그 풍경을 보며 그나마 웃었겠구나. 하루하루 먹고살기 힘든 삶에서 자식들을 굶길까, 냉방에서 재울까 얼마나 노심초사했을까. 부모가 돼야 보이는 것들이 분명히 있다. 가난 배틀은 가난의 무게를 모르는 철없는 게임이다. 실제로 가난했는지 어땠는지 모르겠지만 그깟 가난 줄 세우기에서 앞자리를 차지하는 게 무슨 영광이 있나. 가난은 비극이다. 그 속에서도 따뜻한 의지를 찾아낼 수 있는 소수의 운 좋은 사람에게나 재산이 되는 경험이지 기본적으로 비극임에 틀림이 없다.

배틀을 벌일 정도로 가벼운 대상이 되다 보니 이젠 가난을 멋대로 가져다 평하는 분위기마저 있다. "가난하게 태어난 것은 내 책임이 아니지만 가난하게 죽는 것은 내 책임이다." 확인되지도 않은 채 누구는 빌 게이츠*Bill Gates*의 말이라고 하고, 누구는 마 윈*Ma Yun*의 말이라고 한다. 누구의 말이건 이런 가벼운 말을 진실이나 되는 양 호응하고 인용하는 세태가 참 싫다. 가난은 개인의 책임이 아닌 경우가 훨씬 많다. 이런 말은 그들이 그저 미련했기에, 노력하지 않았기에 가난하게 죽는다고 말하는 것밖에 되지 않는다. 하지만 미련하지도 않을뿐더러 몸을 갈아가며 노력한 사람들이 가난하게 죽는 것을 나는 너무나도 많이 봤다. 그들 중 많은 수는 오히려 주어진 책임을 저버릴 수 없어 평생을 기꺼이 억척스레 떠안고 살았기에 가난했다. 가난하게 죽는 것은 당신 책임이라니, 뭐 이렇게 비인간적인 말이 다 있나. 그리고 이렇게 그럴싸한 싸구려 모토를 격언처럼 떠받드는 세태가 우려스럽다. 이럴 때 보면 분명 가난을 죄악시하고 멸시하는 사회인데 그놈의 가난 이야기만 나오면 서로 가난했다고 배틀을 벌이니 알다가도 모를 세상이다. 진지하게 연구할 만한 가치가 있는 사회학 주제가 아닐까. 가난은 쉽게 죄악시할 대상도, 자랑할 대상도 아니다. 그보다 훨씬 실존적이고 실제적인 비극이다.

나는 늘 가난하게 살았다 생각했는데 이제 보면 가난한 삶이 아니라 참 풍족한 삶을 살았다. 그깟 가난 올림픽 당신들이나 마음껏 이겨라.

가난은 개인의 책임이 아닌 경우가 훨씬 많다.
이런 말은 그들이 그저 미련했기에,
노력하지 않았기에 가난하게 죽는다고
말하는 것밖에 되지 않는다.
하지만 미련하지도 않을뿐더러 몸을 갈아가며
노력한 사람들이 가난하게 죽는 것을
나는 너무나도 많이 봤다.

성공은 운이야

이런저런 행사나 사적인 자리에 종종 불려 가다 보면 소위 잘나간다는 사람들을 자주 본다. 당신의 업계에서 이름깨나 있는, 썩 괜찮은 입지에 있는 사람들. 사적인 친분이 쌓여 조금 더 진솔한 이야기를 나눌 수 있는 관계가 되면 그들과 있는 자리에서 가끔 나오는 화제가 있다. 성공의 비결. 내가 어떻게 성공했네, 하는 말을 앞다투어 한다는 게 아니라 오히려 누가 그 얘기 좀 안 물어봤으면 한다는 푸념이다. 주위에서 끊임없이 묻는다는 거다. 인터뷰마다, 방송마다, 강연마다.

　"어떤 피나는 노력을 하셨기에 그렇게 성공적인 셰프가, 감독이, 작가가, 배우가 등등등이 되셨나요?"

지인인 나도 종종 궁금해서 묻고 싶다가도 입을 꾹 닫으니 주위에선 얼마나 궁금할까. 이해가 안 되는 것도 아니다. 저들이 그 얘기 좀 안 하고 싶다는 건 다른 이유에서가 아니다. 딱히 할 말이 없기 때문이다. 뭔가 대단한 성공의 비결을 답해 줘야 할 것 같은데 그런 게 없어서 죽을 맛인 거다. 사람들이 기대하는 것처럼 숙명적이고 영웅적인 서사를 읊어 줘야 하는데 그런 게 없다. 그저 살아남으려 자기 일 열심히 했던 것 말고는 뭐가 없다.

나도 뼈와 살을 깎고 영혼을 소모해 가며 기어코 뭔가를 이뤄 낸 영웅 신화 같은 게 없다. 그래서 가끔 남들의 영웅 신화를 접할 때면 "와…… 사람이 이 정도로 독하게 뭔가를 한다고?" 싶다가도 유치한 의심이 든다. 결과를 내고 나니까 내 과정을 더 고됐던 것으로 포장하는 건 아닐까 하고. 나도 그렇거든. 생각해 보면 과정이 죽을 듯이 힘든 건 아니었는데 사방에서 "죽을 듯이 힘들었지? 그걸 이겨 내고 성공했지?"라고 부추기니 얄팍한 내가 나를 속이려 든다. 그 정도로 힘들진 않았는데. 목표를 보고 뛰는 사람 중에 고되게 노력하지 않은 사람이 어디 있나. 노력이 영웅 신화의 근거고 성공의 비결이라면 노력하는 사람은 하나도 빠짐없이 성공해야 한다. 하지만 현실은 그렇지 않다. 알다시피 그중 아주 극소수만 성공할 뿐이다.

그러니 이 현상을 쉽게 설명하려면 '성공은 그저 운'이라고 말하면 된다. '성공은 운'이라고 말하는 게 트렌드인 건지, 겸손한 제스처가 트렌드인 건지 모르겠지만 최근엔 미디어에서 그렇게 말하는 유명인들이 많다. 개인적으로 아주 좋아하는 어느 가수의 라이브 방송을 잠시 보다가 똑같은 이야기를 들었다.

"아무리 생각해도 성공은 그냥 운이다. 지금 고생하고 있는 인디 뮤지션들은…… 그나마 고생이 짧기를 빌 뿐이다."

이 가수도 무명 시절이 길었고 오디션 프로그램에서 두각을 드러내 큰 인지도를 얻었다. 지금은 그 인지도를 발판으로 맹활약하고 있다. 아마도 본인의 성공을 전적으로 운이라고 여기는 것 같았다. 오디션 프로그램에 참가해서 주목을 끌게 된 것이 대단한 운일 테니까. 거기까지 듣고 나니까 뭔가 허무했다. 그럼 노력도 필요 없고 끈기도 필요 없고 운만 기다리면 되는 건가 하고. 그런데 재미있는 것은 운이 가장 큰 역할을 했다고 말하는 성공한 사람들 중에 그 입지에 걸맞은 실력이 아닌 사람이 없다. 있기야 하겠지만 아주 소수라 일반적인 예라고 할 수 없다. 대부분은 누가 보더라도 그 입지에 걸맞은 실력이다. 그럼 성공이라는 건 운인가, 노력인가. 나는 앞서 말했듯이 반드시 뼈를 깎는 노력이 바탕이 되어야 한다는 입장도 아니면서 성공은 오로지 운이라는 소릴 들으니 괜히 억울한 마음이 들었다. 청개구리도 아니고. 그렇다고 '성공은 운'이라는 말에 도전할 논리도 없었다.

그러다가 나름의 논리가 선 것은 '하이 페이드*High fade*'라는 스코틀랜드 밴드를 알게 된 후부터다. 에든버러의 프린세스 스트리트 가든 공원에서 한 버스킹 영상을 봤는데 이 3인조 밴드의 호흡이 얼마나 정밀하던지 신기神技처럼 느껴졌다. 역시 나만 그렇게 본 게 아니다. 당시 버스킹 관객이 찍은 동영상이 1,000만 조회수를 찍으며 단번에 유명해져서 무명 밴드의 설움을 벗고 성공했다. 그러니 그들에게 그 동영상이 얼마나 소중할지는 짐작이 어렵지 않다. 그들은 얼마 전 SNS 계정에 다음 문구와 함께 그 동영상을 다시 올렸다.

"A video can change your life."

(동영상 하나가 인생을 바꿀 수 있다.)

감동적인 멘트지만 나에게 더 인상적이었던 것은 그 동영상 포스트에 달린 댓글이었다.

"and 15 years of practice."

(그것과 더불어 15년간의 연습.)

밴드의 프런트맨인 해리는 "Indeed! Thank you(그러네요! 고마워요)!"라며 그 댓글에 다시 댓글을 달았다. 내가 알기로 결성한 지 15년이나 된 밴드는 아닌데 뭔가 사연이 있는 모양이다. 아무튼 이 댓글에서 나의 고민이 대부분 정리됐다. 그리고 더 명확하게 정리된 것은 어떤 단어를 떠올렸을 때다. 노력, 운, 성공이라는 세 단어에서만 맴돌던 생각이 단어 하나로 정리됐다.

'결실' - 식물이 열매를 맺거나 맺은 열매가 여묾. 또는 그런 열매

어려운 단어도 아닌데 왜 지금껏 떠올리지 못했는지 모르겠다. 저 단어를 떠올리자 오랫동안 찾던 퍼즐 조각을 끼워 넣은 듯이 생각이 정리됐다. 언어의 힘이 얼마나 큰지 새삼 깨닫는다. 단어의 이미지 하나로 흐트러져 있던 논리가 질서정연하게 정리된다니. 하이 페이드는 운만으로 성공한 게 아니다. 15년간의 연습, 그 노력이 좋은 기회를 만나 결실을 본 거다. 좋은 운도 작용했지만 운만으론 결실을 볼 수 없다. 앞에 말했던 가수도 비슷한 예다. 긴 무명 시절 동안 어떻게든 실력을 쌓으려, 자길 알리려 부단히 노력해 왔으니까 오디션 프로그램에도 합격할 수 있었고 그 무대에서도 기량을 발휘할 수 있던 거다. 아무것도 없는 상태에서 기회만으로 결실을 볼 순 없다. 팬들은 그가 무명 시절에 했던 노력들을 다 기억하는데 본인은 너무 운 좋게 큰 기회를 받았다고 생각해서인지 그간의 노력이 얼마나 고됐는지 잠시 잊은 모양이다.

성공한 사람의 대다수가 '성공은 운'이라고 말하면서도 그 입지에 걸맞은 실력을 갖추고 있는 건 아마 이런 이유에서일 거다. 그들이 말하는 '성공은 운'이란 말을 오역해선 안 된다. 아마 본인들도 그 말의 허점을 자각하지 못하고 있을 가능성이 높으니까. 성공은 '오로지 운'도 아니고 '오로지 노력'도 아니다. 개화할 정도로 충분히 쌓아 온 노력이 좋은 때를 만나 결실로 구체화하는 게 성공이 아닐까. 그러니 남들이 운이 먼저라고 하든, 노력이 먼저라고 하든, 또 다른 뭔가가 먼저라고 하든 일단은 멈춰서 고민하기보다 뚜벅뚜벅 제 길을 갔으면 좋겠다. 개화할 만큼의 노력이 쌓이지 않았는데 결과가 나오지 않는다며 매번 좌절하는 것도 그렇지만 성공은 운이라며 감나무 아래 입 벌리고 누워만 있는 허무주의도 우리의 앞날에 아무런 도움이 되지 않는다. 누가 뭐라건 자기 의지로 걸어야 한다. 외부에서 유발한 동기는 가치도 효용도 없다. 내부에서 유발한 동기만이 나를 투과하지 않고 남는다.

집단 오역은 답이 없다

얼마 전 어느 드라마 작가가 어떤 사이트에 들어가느냐고 물었다. 요즘 젊은 사람들의 언어나 트렌드를 어디서 연구하느냐고. 요즘엔 거의 들어가는 사이트가 없다고 했다. 눈살이나 찌푸리게 되지 큰 도움이 안 되더라고. 트렌드나 언어를 파악할 목적이면 넋 놓고 숏폼을 들여다보는 게 낫다 했다.

통계적으로 인터넷 사용자 중 적극적으로 댓글을 쓰는 사람의 비율이 15퍼센트란다. 그렇다면 커뮤니티 이용자의 85퍼센트는 그저 나와 같이 소위 눈팅, 관망하는 사람일 거다. 종종 들어와 별다른 활동 없이 정보만 취하는 사람들. 나머지 15퍼센트 중에서도 많아야 3분의 1 정도, 그러니까 100명 중 5명 정도가 커뮤니티에 매몰된 사람일 텐데 워낙 요란하게 떠드니 그게 커뮤니티의 얼굴이 된다. 강조하건

대 커뮤니티 유저들을 싸잡아 매도하려는 게 아니다. 어디든 치명적이고 불쾌한 독소와 같은 소수가 있다는 것이지. 그런 사람들은 혐오와 분쟁 외에 아무것도 생산하지 않는다. 필요한 정보 글을 꾸준히 올리는 사람들이 있어서 정보를 보러 들어오는 유저의 수가 압도적으로 많기는 하나 엉망진창인 게시판을 보다 보면 종국엔 굳이 그 정보를 여기서 찾아야 하느냐는 회의가 든다.

1~2년 전까지만 해도 한국에서 유명한 커뮤니티를 거의 다 들락거렸다. 다크웹을 빼고는 안 다닌 곳이 없을 거다. 아주 정갈한 곳부터 아주 추잡한 곳까지 전부. 집단의 언어 동향을 살필 요량으로 들락거렸고 딱히 커뮤니티 활동을 해보진 않았다. 한다고 해 봐야 영화 커뮤니티에 한두 번 안부 글을 올리는 정도. 그나마 아직 정이 남은 커뮤니티는 그쪽뿐이다. 필요에 의해 들락거렸어도 갈수록 커뮤니티가 꺼려진다. 어떻게 된 건지 커뮤니티는 조리돌림에 극대화된 도구처럼 커뮤니티 외부 의견을 가져와서 씹기 바쁜데 그럴 거리가 떨어지면 내부에서 붙어 싸운다. 조리돌림이든 내부 싸움이든 댓글에 동조자들이 몇 나타나면 신이 나서 부채질하고 동조자가 없거나 반응이 뜸하면 무안한지 글을 내려 버린다.

반대 의견들이 달리거나 욕을 먹어도 장판파長板坡의 사투를 벌이는 특이종이 아닌 이상, 댓글 몇 개를 못 버티고 글을 내린다. 자기가 쓴 조리돌림 글에 동조하는 뾰족한 댓글이 수백, 수천 개 달려도 조리돌림의 대상에게 한 줌 미안해해 본 적 없으면서 본인은 바늘로 몇 번 찔리는 걸 못 버틴다. 그리고 커뮤니티마다 이슈를 대하는 태도가 많이 다른데, 커뮤니티에 매몰된 이들은 태도가 다른 수준이 아니라 이견에 집착적으로 배타적이다. 그들은 우물 안에서 끊임없이 내부 의견을 강화하고 공고히 한다. 그러다 보니 그곳에서의 대세 의견이 진리가 되고 우물 밖 사람들은 모두 바보로 보인다. 멀쩡하게 커뮤니티를 이용하는 대다수는 이견이 있지만 굳이 이견을 내서 잡음을 내진 않는다. 관망하고 말지, 눈팅하러 온 커뮤니티에서 뭐하러 스트레스 받나 하고.

어느 커뮤니티든, 어떤 주제든 과몰입하는 사람은 자기도 모르게 행동이 과격해진다. 이 과몰입은 열정, 애정과는 차이가 있다. 열정과 애정이 있으니 과몰입으로 이어지는 것이겠지만 도가 지나쳐서 훌리건이 된다. 정치, 종교처럼 예민한 주제는 필연적으로 선을 넘는 훌리건을 배태하기 마련이다. 자신이 믿고, 주장하는 바가 절대선이라고 믿는 배타적인 사람들. 그나마 이렇게 예민한 주제는 홀리건의 존재가 어느 정도 납득된다. 그런데 그런 예민한 주제 말고 아주 하찮은 주제에도 홀리건들이 만들어진다. 어느 게임 콘솔이 더 좋은지를 놓고도 사생결단을 내리려는 듯 싸우는 사람들이 있고, 휴대폰 기종의 우열을 두고 싸우다가 부모 욕을 한다거나, 재미로 시작한 탕수육 찍먹-부먹 구분을 가지고 주먹 다툼이 벌어지기도 한다.

대부분의 커뮤니티는 자정작용이라는 게 있어서 이런 홀리건들이 기를 못 펴거나 추방당한다. 그런데 어떤 커뮤니티는 아예 홀리건들에게 잠식당하기도 한다. 그런 커뮤니티를 보면 폰지 사기 방식의 피라미드 판매 회사들이 떠오른다. 그런 회사들은 일주일에 소위 세미나라는 것을 2~3회씩한다. 대단한 게 아니라 카페나 작은 회의실에 모여서 실적을 얘기하고 회원을 포섭한 방법이나 통장의 수익들을 전시, 공유한다. 그리고 이 좋은 사업을 하지 않는 사람들을 바보로 여기며 승리자의 미소로 세미나를 마친다. 외부에서 쏟아지는 좋지 않은 시선이 있다는 걸 알지만 그저 외부인들이 멍청하고 뭘 모르기 때문이라고 생각한다.

이들은 그 어떤 뻔한 문장을 주더라도 오역한다. 번역은 번역가라는 필터를 거치는 결과물이다. 오염된 필터로는 오염된 결과물만 낼 뿐이라는 건 상식이다. 누구 하나라도, 아니, 여럿이서 오역이라고 지적하고 수정하려는 노력이 있어야 하는데 아무도 오역을 지적하지 않는다. 그들 눈에도 정역이니까. 이런 집단적인 오역은 방법이 없다. 외부의 개입 같은 수혈로 해결할 수도 있겠지만 애초에 외부의 개입을 허용하지 않는다. 그래서 내내 고여 있다 보니 바깥에서 자신들을 어떤 시각으로 보는지 모르고, 혹은 알더라도 바깥사람들이 무지한 거라며 무시한다. 그 오역이 세상 전부이자 진리이며 다른 이들의 말은 모두 틀렸다.

피라미드 회사는 수익이라도 걸렸지 이들의 오역과 맹신엔 보상이 없다. 연결되고자 하는 욕구, 집단에 속하고자 하는 욕구. 너무나 당연한 본능적 욕구가 오프라인에서 발현하지 못하고 온라인에서 왜곡된 형태로 발현하는 것. 이런 홀리건이 측은해 보이기도 하다가 요새는 주제 넘은 생각인가 싶어, 인간 본성이 그런가 싶어 도끼눈을 거두고 만다.

바깥세상이 이렇게나 넓다고, 나오라고 아무리 말해 봐야 쿰쿰하고 눅눅한 땅에 스스로 매몰된 자들에겐 닿지 않는다.

세계 최악의 오역가

몇 년 전 일이다. 어느 날 갑자기 평범한 내 인스타그램 포스팅에 악플이 100개쯤 달렸다. 그리고 잠시 후 다른 포스팅에도 악플이 수십 개씩 달리기 시작했다. 나는 대수롭지 않게 생각했다. 악플을 한두 번 받는 것도 아니고 심지어 공개적으로 씹는 번역가도 있었는데 뭐 대단한 일이라고.─동종 업계의 누군가를 이름까지 대며 공개적으로 욕하는 건 정말 모양 빠지는 일이지만 간혹 그런 사람도 있긴 있다.─아무튼 전생에 무슨 죄를 지었는지, 피리 부는 사나이였는지 원래 쥐 떼를 몰고 다녀서 이번에도 그런가 보다 했다. 그런데 몇 시간 지나자 여기저기서 날 염려하는 지인들의 카톡이 날아오고 DM으로도 우려의 메시지가 오기 시작했다. 꽤 악질이라는 유튜버가 나와 관련된 영상을 올렸으니 조심하라는 거다. 얼굴을 가린 채 정말 많은 사람을 표적으로 삼아 혐오 장사로 돈을 버는, 소위 유명 '유튜브 렉카'다.

언제부턴가 인터넷에서 혐오 장사로 한몫 단단히 버는 사람들이 등장했다. 혐오 장사라는 게 별거 없다. 개인을 철저히 의도적으로 오역하고 그 오역을 자극적인 수단으로 전파하면 된다. 가장 많은 이들이 반응하고 즐길 부정적인 콘텐츠로 꾸며서. 간혹 의역이 지나쳐 해를 입히는 사람도 있지만 이렇게 의도적으로 목적성 있는 오역을 하는 케이스는 훨씬 악질적인 가해자다. 의도가 악하든, 역하든 요령이 좋은 오역은 혐오 시장에서 통한다. 그 오역물이 선정적이고 추할수록 반응이 좋고 돈이 된다. 그렇게 의도적인 오역의 달인들이 혐오 시장의 큰손으로 등극한다. 그리고 성공 케이스를 목격한 이들은 유사한 오역을 생산하며 혐오 사업을 창업하고, 해외에 서버를 둔 서비스라는 점을 이용해 익명성으로 아무렇지도 않게 선을 넘는다. 이들은 구글, 페이스북 같은 해외 서비스들이 이용자의 신원 정보를 쉽게 넘겨주지 않는다는 맹점을 이용해 고소를 피하고 무탈하게 혐오 장사를 해 왔다.

그런데 최근 어느 인플루언서가 소송을 위해 구글에서 특정 유튜브 렉카의 신원 정보를 넘겨받았다는 기사가 올라왔다. 비용도 비용일 것이고 수고가 이만저만 아니었을 텐데 기어코 정보를 받아 낸 걸 보면 그쪽도 꽤 악질적인 영상으로 피해를 본 모양이다. 그자에게 이를 갈고 있던 사람이 한둘이 아니어서 그럴까 요새 여러 기사 헤드라인을 요란하게 장식하고 있다. 누군가 했더니 다름 아닌 몇 년 전 내 영상을 올려 혐오 장사를 했던 그 인물이다.

다시 당시로 돌아가, 내 인스타그램 포스팅에 악플이 400개, 500개…… 수가 늘어갔다. 나는 손이 벌벌 떨리고 공황이 왔다. 빨리 뭔가 손을 써야 하는 것인지 잠시 숨을 쉬어야 하는 것인지 판단이 안 됐다. 결국 대처해야겠다는 생각을 접었다. 딱히 대처할 방법이 있는 것도 아니고, 그 일을 대신해 줄 소속사가 있는 것도 아니고, 일일이 그 역한 걸 보며 일을 처리해야 하는데 맨정신에 버틸 자신이 없었다. 그래서 내 입장을 정리한 글을 하나 쓰고 선을 그었다. 이를 악물고 그 승냥이 떼와 싸워 이긴다고 해도 상처 하나 없이 이길 자신이 없는데 나는 절대로 잃으면 안 될 것들이 있다. 잃기는커녕 흠집도 내선 안 되는 것들이 있다. 그래서 싸우기보다 그들과 선을 긋고 단절된 채 살기로 했다.

결국 올라왔다는 그 영상은 보지 않았다. 봤다면 아마

입원해야 했을 거다. 난 아직도 그 영상이 무슨 내용인지 모른다. 영상에 승냥이 떼가 몰려들어 댓글을 수천 개씩 달고 낄낄댔다는 것밖에는. 나는 악플이 수백 개씩 달린 인스타그램 포스팅들을 하나하나 지웠다. 그 와중에도 다른 포스팅에 실시간으로 악플이 수십 개씩 달렸다. 신기한 것은 내 딸의 사진엔 악플이 거의 없었다는 거다. 악플러들도 일말의 양심이 있는 건지. 나도 모르는 새 아이가 내 방패가 되어주고 있었다. 그쯤 나는 아이 사진을 더 올리면 내게 날아오는 화살들이 잦아들까 하는 미친 생각이 들었다. 아이를 방패로 삼으려는 추한 생존 본능이 고개를 드민 거다. 세상에 자식을 방패 삼으려는 인간 같지 않은 부모가 어디 있나. 그 죽어도 하지 않을 짓을 떠올리고 있었으니 당시 내가 심리적으로 얼마나 절벽에 몰려 있었는지 짐작이 된다.

그즈음이 온라인에 아이 사진을 올리는 것으로 아내와 한창 이야기를 할 때였다. 아내는 아이의 이목구비가 잡혀 가는 6~7세부터는 사진을 올리지 않는 게 좋겠다고 했다. 나는 사방에 아이를 자랑하는 게 낙이어서 내심 서운했고 어째야 할지 망설이고 있었다. 1년만 더 올리자고 할까. 그런데 이런 상황이 터지자 곧장 결심이 섰다. 다시는 아이의 얼굴이 훤히 드러난 사진을 온라인에 올리지 않기로. 그리고 이내 아이 사진을 전부 지워 버렸다. 의도적이든 무의식적이든 아이를 방패로 삼을 순 없다. 차라리 죽고 말지. 그렇게 무대응으로 일관하고 있으니까 언젠가부터 악플을 다는 사람들도 재미가 없는지 서서히 내 계정에 오지 않기 시작했다.

요새 그 유튜브 렉카가 여러모로 궁지에 몰린 모양이다. 아마도 줄소송이 이어지겠지. 기사를 보니 이제는 그 채널의 댓글 창에서 지옥도가 펼쳐진 것 같다. 본인이 하던 대로, 선동하던 대로 이젠 자기 몸을 뜯어먹히고 있다. 아마 뼈도 안 남을 때까지 뜯어먹힐 거다. 덩치 큰 악플러냐, 작은 악플러냐의 차이지 늘 성향은 비슷하다. 이렇게 성의껏 나름의 논리를 만들어 악플 콘텐츠나 글을 올리는 사람들은 거짓과 참을 교묘하게 섞어 여론을 선동한다. 꽤나 논리적으로. 그러다 자칫 선을 넘어 자기 생각과 달리 본인이 욕먹는 댓글들이 하나둘 올라오기 시작하면 그게 무서워 허겁지겁 글을 내린다. 이들은 보통 내구력이 없다. 아무렇지 않게 회칼로 사람을 수백, 수천 번씩 찌르지만 정작 자기는 바늘에 한 번 찔려도 바닥을 뒹구는 겁 많고 비겁한 족속이다. 그렇게 가슴 졸이며 숨어 있다가 또 글을 살짝 수정해 다시 올리고 여론을 모은다. 그 짓을 반복한다. 이들은 이 짓에서만큼은 늘 성실하다. 그 유튜브 렉카의 채널에서 찾아봤더니 아니나 다를까 내 영상도 진작 내렸다. 누군가는 이런 날을 대비해 영상들을 모두 다운로드했다며 영상을 제공하겠다 나섰고 어느 변호사는 소송을 지원하겠다고 한다.

나는 그냥 선을 긋고 살고 싶다. 그런 이들을 실재하는 존재로 인정하면 내 인간 혐오가 수백 배로 부풀 것 같다. 이대로 저들을 저편에 분리수거한 채 이쪽에서 살고 싶다. 그렇게 악질적인 오역가의 존재는 인정할 수 없다.

의도가 악하든, 역하든 요령이 좋은 오역은

혐오 시장에서 통한다.

그 오역물이 선정적이고 추할수록

반응이 좋고 돈이 된다.

못돼 처먹음은 직역해 버려

연합 직밴(직장인 밴드) 시절이다. 꼭 미운 말만 골라 하는 사람이 있었다. 우리 팀도 아닌데 오며 가며 멤버들에게 쓸데없이 미운 말을 던진다. 직밴은 보통 연령대가 적어도 30대 초반, 사회 물을 먹어서 그런지 다들 요령껏 갈등을 피한다. 우리 팀원들도 그 사람이 뭐라 하건 애써 웃는 척 지나가곤 했다.

언젠가 우리 멤버가 베이스를 새로 사 온 날이다. 중고로 상태 좋은 펜더 재즈 베이스를 아주 괜찮은 값에 데려왔다. 멤버들은 호들갑을 떨며 입 모아 부럽다고, 잘 어울린다고 칭찬을 했다. 그런데 문제의 그 사람이 지나가다가 또 한 마디를 흘렸다. 며칠 전에 더 좋은 가격에 상태 좋은 매물을 봤다느니, 펜더 재즈는 너희 팀 컬러에 안 맞는데 뭐하러 그걸 샀냐느니. 우린 그냥 또 그러나 보다 했는데 지나가던 옆

팀 형님이 보다 못해 한마디 던졌다.

"야, 넌 애가 왜 그렇게 못돼 처먹었냐?"

'못돼 처먹다.' 이렇게 적확한 표현이 다 있을까. 보통 누구에게 일갈할 때면 욕설을 내지르거나 문제 행동을 되짚어 말하지 그 행동의 성격을 설명하진 않는다. 화가 나서 비판할 때면 "○○놈아, 말 그따위로 할래?" 정도가 일반적이라는 거다. 나는 왜 그렇게 못돼 처먹었냐는 말을 이런 상황에서 써 본 적도, 들어 본 적도 없다. 저렇게 적확한 표현을 듣고 나니 후회가 든다. 저렇게 직역이 필요할 땐 직역을 해 버리는 건데 나는 왜 지금껏 의도적으로 그들의 못돼 처먹음을 오역해 주려 애를 썼나.

대개 못돼 처먹은 사람들은 자길 제대로 보지 못한다. 자기가 직설적이어서, 혹은 너무 솔직해서, 혹은 냉소적이어서, 혹은 이성적이어서(요즘 말로는 대문자T여서?), 혹은 대단한 대의를 좇는 투사라서 그런 줄 안다. 남들에게도 그렇게 변명을 늘어놓지만 실은 전혀 그렇지 않다. 그냥 못돼 처먹은 거다. 그들의 말이나 글이 피도 눈물도 없이 논리적이고 냉철하기 짝이 없어서가 아니라 그냥 못돼 처먹은 거다. 흥부의 빰에 주걱을 날리며 뱉는 흥부 형수의 말이나 다름없단 얘기다. 나의 뜻을 전달하기에 반드시 그 못돼 처먹음이 필요한가. 내가 뱉은 말과 글을 찬찬히 보고도 못돼 처먹음이 느껴지지 않는다면 그땐 정말 가망이 없다.

나는 모르겠다. 요즘 사람들이 유난히 못돼 처먹은 것인지, 예전에도 똑같았으나 못돼 처먹음을 전시할 공간이 없었던 것인지. 인터넷 세상엔 정말 못돼 처먹은 사람들이 많다. 온갖 합리화를 다 갖다 붙이겠지만, 아니다. 그냥 못돼 처먹은 거다. 가뜩이나 길지도 않은 삶을 왜 그렇게 못돼 처먹은 태도로 못 살아 안달인지.

오늘은 이상한 사람과 엮여 정말 그 못됨에 질리고 환멸이 들었다. 평범하게 못된 사람들의 못된 짓은 그러려니 하는 경지에 왔는데 정말 못된 사람을 만나면 그때마다 새롭게 괴롭다. 마치 바이러스에 면역이 생길 때쯤 매번 더 독한 신종 바이러스가 튀어나오는 것과 비슷하다. 게다가 그렇게 정말 못된 사람은 못됨을 행하고 전시하는 데 이상하리만큼 집요하고 성실하고 영리하다. 부처가 되지 않고는 무시하기 어려운 사람들.

답답할 때 늘 그렇듯 체육관에 가서 샌드백을 10라운드
도 넘게 치다 왔다. 무념무상 툭탁툭탁툭탁. 그렇게 샌드백
을 치다 보면 가슴에 수북하게 쌓인 먼지를 털어 낸 것처럼
속이 시원해지곤 한다. 그런데 오늘은 답답한 뭔가가 털어지
질 않고 계속 그 위로 쌓이기만 한다. 이런 날엔 운동도 뜻
대로 되지 않는다. 결국은 한 시간도 못하고 가방을 챙겨 나
왔다. 나는 해장을 하고도 속풀이에 실패한 술꾼처럼 터벅
터벅 집으로 들어왔다. 아이는 이미 잠자리에 든 시간, 문 여
는 소리를 듣고 나온 아내가 조용히 손짓한다. 아내를 따라
부엌으로 가 보니 싱크대에 무슨 도넛 박스 같은 것들이 잔
뜩 있다. 아랫집에서 그 귀하다는 성심당 빵을 갖다주셨다
는 거다.

"애들이 대전 갔다가 윗집 생각나서 샀대요."

아랫집엔 장성한 따님들이 있다. 우리 딸이 아무리 얌전
한 녀석이라도 쿵쾅대지 않을 수가 없는 나이라 1년에 몇 번
은 아랫집에 변변찮은 사례를 한다. 허리를 90도로 꺾어 가
며. 아랫집 분들은 감사하게도 그때마다 답례를 잊지 않으신

다. 이번에도 얼마 전 드렸던 사례의 답례로 주신 모양이다. 그 먼 대전까지 가서 윗집이 생각나 사 오셨다는 게 더 감사했다. 그 다정함에 하루 종일 가슴속에 침울하게 쌓인 침전물이 녹아 사라진다. 2022년에 번역했던 〈에브리씽 에브리웨어 올 앳 원스〉라는 영화에서 내가 가장 좋아하는 대사는 다음과 같다.

> "다정해야 해.
> 특히나 뭐가 뭔지 혼란스러울 땐."
> (Please, be kind. Especially when
> we don't know what's going on.)

다정한 사람이 훨씬 많다. 다정한 사람이 훨씬 많다. 다정한 사람이 훨씬 많다.

주문처럼 중얼대곤 소보로빵을 한입 베어 문다. 정말이지 눈물 나게 다정한 맛이다. 다정함이 세상을 구한다는 말은 영화보다 현실에 잘 어울린다.

좋은 일들이 많을 거예요

동국대학교 영어영문학부의 작은 번역 학회 '번뇌'(번역하는 뇌란다. 기발하다)라는 곳에서 강연 요청이 들어왔다. 2년 가까이 인스타그램으로 내게 DM을 보낸 학생이 운영하는 학회다. 대학생들에게 그런 메시지를 많이 받는 편이라 일일이 답하기가 어렵다. 그런데도 꾸준히 2년 동안 메시지를 보내더라. "동국대에 한번 와 주세요." 내가 딱히 답을 못해도 드문드문 안부를 물었다. 이번에 우리 학회에서 어떤 활동을 한다느니, 새해 복 많이 받으시라느니. 그러다 어느 정도 시간이 흐르면 또 동국대에 와 달라고 조른다. 그렇게 2년이 지나고 이제 곧 졸업한다며 기다리고 있겠다는 농담조의 메시지를 받았다. 그제야 가마, 하고 강연 일정을 잡아 달라 했다. 2년이나 날 불렀는데 얼굴은 봐야지.

사실 동국대 영어영문학부 교수님의 강연 요청을 바로

작년에 거절했다. 거두절미하고 강연료 때문에. 대학 강연료
는 대부분 상한이 학칙에 정해져 있는데 아주 적다. 그 액수
를 받으며 강연한다면 시간이 곧 돈인 프리랜서는 작업 일
정도 밀리고 수입에서도 꽤 손해를 본다. 여러모로 집에서
일하는 게 낫다. 학교 예산과 방침이 그렇다면 학생회 초청
으로 학생회 예산을 집행하면 될 텐데 그렇게 하는 학교는
찾기 힘들다. 자주 하는 말이지만 대학 축제에 연예인을 부
르는 비용은 천정부지로 치솟는데 강연자를 섭외하는 비용
은 변하질 않는다. 연예인의 몸값과 댈 것은 아니더라도 이
렇게 비교하면 이해가 쉬울 거다. 연예인 한 명 섭외할 비용
으로 나와 인지도가 비슷한(혹은 훨씬 유명한) 강연자를 합
당한 비용으로 부른다면 적게는 열다섯 명, 많게는 스무 명
정도 초빙할 수 있다. 연예인 한 명을 한 번 부를 비용이면
1년 내내 좋은 강연자를 초빙해 매달 강연 행사를 2회씩 해
도 된다는 뜻이다. 정말 꿈같은 대학이다.

그래서 늘 바란다. 축제에 연예인을 세 팀 부를 예정이
면 두 팀만 부르고 한 팀 비용을 강연 예산으로 쓰는 게 좋
지 않을까 하는. 영화감독, 작가, PD, 배우, 음악감독, 학자,
운동선수 등등 강연을 듣고 싶은 사람이 너무 많지 않나. 대

학은 배움의 터전인데. 그래서 거절했던 강연인데 결국은 가기로 했다. 그것도 강연료 없이. 강연료는 아주 중요하지만 경우에 따라 전혀 중요하지 않기도 하다. 가령 강연료 전액을 기부하는 행사라고 한다면 거절할 강연자가 거의 없을 거다. 바로 전에도 어느 대학 총학생회에서 강연 요청이 왔다. 으레 그렇듯이 '순수하게 학생들을 위한 행사이므로'라는 표현과 함께 무보수 강연 요청이었다. 축제도 순수하게 학생들을 위한 행사인데 왜 연예인 초빙엔 그 큰돈을 지출하고 강연자 초빙엔 재능 기부를 기대하나. 이런 요청엔 응하지 않는 편이다. 생각 없이 응했다간 내 뒤로 강연 요청을 받는 사람들도 같은 대우를 받는다. "황석희도 해 주는데 너는 뭐냐." 하며.

기분 좋게 간 자리라 강연도 즐거웠고 청중의 반응도 좋았다. 강연을 마치고는 초청 주최였던 번역 학회 학생들과 뒤풀이를 같이했다. 숫기 없는 나는 미필적 고의로 고정석에 붙박이로 앉아 차례대로 자리를 바꿔 합석하는 학생들과 자정이 넘도록 얘기를 나눴다. 어문학도, 번역학도들이니 궁금한 게 오죽 많으랴. 번역가를 지망하는 학생이 여럿이었다. 중학생 때부터 나를 보고 번역가의 꿈을 키웠다는 학생들도 있었다. 기시감. 기시감의 정체는 며칠 전에 받은 메시지다. 한국외국어대학교 영어통번역학과에 합격했다며 고맙다고 보낸 어느 학생의 메시지. 그 학생에게 고마울 일을 해 준 기억이 없는데. 알고 보니 그 학생은 고등학생 때부터 내게 메시지를 보냈고 그때부터 번역가를 꿈꿨다고 했다. 더 행복할 수 있는 일을 고민하다가 나를 보고 결정하게 됐다고 덕분에 꿈꾸던 과에 입학했다는 거다. 아무것도 해 준 게 없는데 정말이지 남는 장사다. 가만 앉아서 고맙다는 인사만 받으면 된다니. 이렇게 외국어고등학교, 통번역대학에 진학하며 면접에서 나를 언급했다거나 나 때문에 번역가를 꿈꾸게 됐다는 학생들 이야기를 종종 듣는다. 그러면 주위에서는 이렇게 말한다. 선하고 긍정적인 영향력을 끼치는 것이니 얼마나 좋냐고.

좋은 걸 떠나 얼떨떨하다. 누군가의 인생에 영향을 끼친다는 건 나 같은 사람이 감당할 수 있는 규모의 사건이 아니다. 특히나 나처럼 염세적인 사람은 부끄러운 것에 그치는 게 아니라 겁이 난다. 번역가라는 직업이 현실적으로 권장할 만한 직업이던가. 세상에 쉬운 일은 없다지만 번역계의 가장 낮은 바닥에서 시작한 나는 이 직업의 필연적이고 현실적인 고충을 누구보다 잘 안다. 그것들을 모른다면 모를까 무턱대고 이 직업을 추천하는 건 몰염치한 짓이다. 아직 대학도 졸업하지 않은 학생들에게 당신들이 겪어야 할 불합리와 고충들도 커리어의 일부일 수밖에 없다 말하는 게 얼마나 미안하던지. 지나왔으니 하는 말이지 그땐 나도 몇 번을 도망치고 싶었나.

번역가는 매력적이고 멋진 직업이다. 번역이라는 행위 자체도 참 근사한 지적 활동이고. 그것엔 이의가 없다. 다만 이 직업을 적극적으로 추천할 수 있는가 하면 그건 또 아니다. 매력적인 직업인 것과 그 직업을 추천할 수 있는가는 다른 문제다. 내가 사랑하는 일임에도 포교하듯 번역가가 되라고 추천할 수가 없다. 그렇다고 번역가가 되겠다는 사람을 만류하지도 않는다. 현실적인 어려움을 전혀 모르고 번역가가 되겠다는 사람은 많지 않으니까. 추천도 만류도 하지 않고 그저 구석에서 조용히 응원할 뿐이다. 부디 그 길에 행운이 따르길 빌면서. 강연 행사를 기획했던 '번뇌' 학회장은 이제 졸업을 앞두고 역시나 취업 전선에서 힘든 싸움을 이어가고 있었다. 대개 번역 시장은 문턱이 낮다고 알려져 있지만 막상 시작하려면 쉽지 않다. 그 학생은 행사를 마치고 뒤풀이에서 술을 마시며 오늘처럼 좋은 날이 인생에 또 있을까 싶다고 했다. 정말 앞으로는 없을 것 같다고. 많이 지친 모습이다. 나는 대뜸 좋은 날이 많을 거라고 말했다. 이것보다 훨씬 좋은 일이 앞으로 아주 많을 거라고. "다 잘될 거야."라는 어른들의 근거 없는 호언장담. 나도 태연하게 그런 걸 하고 있는 건가 싶었다. 아니다. 첫 마디는 그런 마음에 꺼낸 것 같았는데 다음 문장을 뱉을 땐 진심이었다. 이것보다 좋은 날이 없을 거라고 말하기엔 너무나 젊다.

　나는 아무래도 나이가 든 것 같다. 지금껏 그런 말들은 그저 무책임한 위로라고 생각했다. 그저 어른들의 근거 없는 호언장담이라고 대뜸 오역했다. 그래서 젊은 사람들에게 함부로 "다 잘될 거야."라고 해선 안 된다고 생각했다. 그런데 잘 생각해 보니 근거 없는 호언장담이 아니라 지금까지 내가 살아온 경험이, 나의 나이가 그렇게 말하는 거다. 앞으로 좋은 일이 정말 많을 거라고. 가시밭길보다 꽃길이 길 거라고 장담할 순 없지만 때때로 소소하게, 때론 크게 행복하고 좋은 날들을 마주하게 될 거다. 당장 취업을 한다고 평생 행복하겠나. 또 괴로울 일이 있을 것이고, 또 그 시기를 지나면 좋은 일이 있을 거다. 이건 아저씨, 아주머니 소릴 듣는 사람들에겐 상식 같은 거다. 역시나 격랑을 지나는 20대엔 쉽게 환호하는 것만큼 쉽게 낙심하게 되는 걸까. 앞으로 좋은 일, 나쁜 일 들을 겪으며 그때마다 지옥과 천국을 오가는 것처럼 감정이 큰 진폭으로 요동치겠지만 그 진폭은 나이를 먹어 가며 조금씩 잦아든다. 그리고 결국 마음은 조금 편해진다. 그게 꼭 좋은 것만은 아니겠지만.

굳이 굳이 아끼던 위로들을 더는 아끼지 않기로 했다. 그리고 기회가 된다면 그 말이 필요한 이들에게 해 주기로 했다.

괜찮을 거야. 다 잘될 거야. 너무 겁먹지 않아도 돼.

당신을 무효화하다

유명인이 스스로 목숨을 끊었다는 소식을 작년과 올해 벌써 몇 번째 보는지 모르겠다. 그들 중 대부분은 '캔슬 문화*cancel culture*'의 희생자다. 캔슬 문화는 개인, 단체, 작품, 브랜드 등이 사회적으로 용인할 수 없는 행동이나 발언을 했을 때 대중이 조직적으로 불매하거나 배척하는 문화적 현상을 말한다. 주로 온라인 공간에서 이루어지며 SNS를 통해 특정인과 콘텐츠에 대한 비판이 급속도로 확산하는 특징이 있다. 'cancel'은 '취소하다.' 외에도 '무효화하다.' '폐기하다.'라는 뜻이 있다. 그 뜻을 생각하면 정말이지 섬뜩한 말이다. 캔슬 문화는 개인의 영향력은 물론이고 그 사람 자체를 무효화하고 폐기한다. 캔슬 문화의 표적이 된 개인은 사실상 재기가 불가능하고 마치 이 세상에 없던 사람인 양 세상에서 '캔슬'당한다. 그들에게 남은 선택지는 거의 없다.

개인이고 사상이고 사건이고 뭐든 판단하는 '대大판단의 시대'이지만 정작 중요한 건 나를 제대로 판단하는 게 아닌가 싶다. 궁극적으로 내가 어떤 사람이 되고 싶은지, 어떤 사람으로 인식되고 싶은지, 어떤 사람으로 기억되고 싶은지를 깊이 숙고하고 판단해야 한다는 거다. 우린 나와 관계도 없는 타인의 모습은 쉽게 평가하면서 정작 나의 모습이 어떤지 진지하게 들여다볼 생각은 하지 않는다. 내면의 거울을 보지 않고 살다 보니 나의 내면이 어떻게 생겨먹었는지는 전혀 모른다. 오물이 묻었는지, 인상이 구겨지진 않았는지, 괴물 같은 표정을 짓고 있는 건 아닌지. 자주는 아니더라도 의심이 들 때 한번씩은 들여다봐야 한다. 어느 날 진지하게 들여다보면 매번 손과 입을 쉽게 놀리는 악플러 따위가 되어 있는 추한 모습에 크게 놀랄지도 모르니까.

'여지'란 말의 사전적 정의는 '남은 땅'이다. 누굴 욕하든 궁지에 몰든 몰아붙이든 그 사람이 숨이라도 한번 크게 쉬도록 그의 남은 땅은 침범하지 말아야 한다. 절벽으로 떨어지지 않고 까치발로라도 서 있을 수 있도록 한 뼘이나마 남은 땅을, 여지를 줘야 한다. 그때마다 배려나 자비 같은 시혜적인 태도가 필요하다는 말이 아니다. 우리는 그렇게 도덕

적이고 선하고 너그러운 존재가 아니다. 그저 이렇게 타인의 존엄을 훼손하는 것은 결국 나의 존엄을 훼손하는 짓이나 마찬가지이기 때문이다. 마치 '나는 후진 사람이오.'라는 정체성 선언 같은. 나는 훌륭한 사람이 될 자신도, 그럴 필요도 느끼지 못하지만 적어도 후진 사람이 되고 싶진 않다. 온라인 세상에선 남은 땅이, 대안이, 옵션이, 여지가 남지 않을 때까지 타인을 몰아세우는 게 당연한 것이 됐다. 한번 미움을 사면 그 사람의 말과 행동, 숨소리까지 모든 것이 밉다.

번역가는 선입견이 강할 때도 오역을 한다. 내가 선입견을 갖고 있는 캐릭터의 말이 곧이 들리지 않아서 굳이 그들의 말을 곡해한다. 혹은 내가 가진 사상 때문에 대사의 색이 마음에 들지 않는다고 임의로 덧칠해 버리기도 한다. 이렇게 실수가 아닌 적극적인 오역을 번번이 저지르는 사람은 번역가로서 자격이 없다. 물론 매번 너그러운 시선으로 상대를 번역할 수는 없다. 하물며 이유 없이 미운 사람도 있는데 이유가 있게 미운 사람을 너그럽게 번역하는 게 쉬울 리 없다. 그럴 땐 차라리 건조하게 직역을 하면 된다. 적극적으로 의역하고 오역해서 본디 가진 의미를 곡해할 바에야 직역을 하는 편이 백 배 낫다.

죽으라고 몰아세우고 결국 목숨을 끊으면 추모하고, 죽으라고 몰아세우고 결국 목숨을 끊으면 추모하고. 같은 일이 몇 번씩 반복되면 이상함을 느낄 법도 한데, 내 양심이 썩어가며 풍기는 악취를 맡을 만도 한데 매번 똑같은 욕을 하며 야구 보듯 새로운 게임이 시작된다 싶으면 다시 손가락을 치켜든다. 숨이 막히게 바쁘고 복잡한 세상이다. 기회가 있을 때마다 이때다 하고 쫓아가 타인의 잘잘못을 집요하게 욕할 정도로 한가한 우리가 아니잖나. 어쩌면 한가한 세상이 아니기에 더 그러는지도 모르겠다. 숨도 못 쉬게 바쁘고 여유 없는 세상이라 짬이 날 때마다 몰이 사냥을 레저처럼 즐기려 하는 건지도. 우리는 참 잔인하다.

너무나도 당연한 말이지만 죄책감이 들거든 사과를 하면 된다. 사과하면 과거의 내가 틀렸다는 것을 인정하는 것이기에 끝내 사과하지 않는 사람도 더러 있다. 내가 틀렸다는 것을 치욕스럽게 내 인생의 속기록에 남기지 않겠다는 의지다. 하지만 그럴 때일수록 내가 틀렸다는 그 치욕스러운 기록을 분명하게 남겨야 한다. 자존심으로 끝내 버티면 기껏해야 속기록에 한 줄로 남을 치욕이 훗날 수백 배로 불어난다. 그래서 결국은 형편없이 후지고 못난 사람이 되어 버린다. 그리고 사과를 하려거든 변명과 이유를 달지 말고 깨끗하게 사과하자. 자존심에 끝내 사과를 못하는 것도 후지지만 자존심을 잔뜩 묻힌 사과는 더 볼품없다. 알면서도 똑같은 오역을 반복할 필요는 없지 않나.

우울감의 원문은

아이는 아침에도 딸기를 실컷 먹고서 엄마가 외출한 틈을 타 딸기가 더 먹고 싶다며 아빠를 조른다. 딸기 너무 많이 주지 말라는 아내의 당부를 들었지만 아이가 귀여운 얼굴을 하고 조르면 이겨 낼 방법이 없다. 나는 냉장고에서 남은 딸기를 꺼내 씻고 먹기 좋게 썰기 시작한다. 도마 위에 올라간 빨간 딸기가 너무 예뻐서 사진이 찍고 싶어졌다. 아이는 조금만 달라고 했지만 그릇 가득 가져가면 또 얼마나 좋아할까. 딸기 사진을 찍었다. 예쁘다. 조금 전에 내린 커피 향이 슬쩍 스쳐 가는 게 소소하지만 행복한 아침이란 생각이 든다.

그런데 나는 문득 우울감이 든다. 그리고 어제부터 뉴스 헤드라인에 계속 올라와 있는 여객기 추락사고, 그 참담한 소식을 떠올린다. 희생자 중엔 세 살배기도 있다고 했다. 난 잘못한 것이 없는데, 그저 일상을 보내고 있을 뿐인데 뭔가 잘못한 마음이 든다. 누구에게 잘못한 걸까. 이런 기분이 올해 벌써 몇 번째인지 모르겠다. 나만 그런 게 아닐 거다. 어딘가 세상이 고장난 것처럼 집단의 우울을 야기하는 사건이 연속으로 발생하고 우리는 그때마다 참담한 심정으로 고개를 떨군다. 이럴 때마다 미디어와 인터넷에선 있을 때 잘하라거나 지금을 소중히 하라거나 하는 클리셰가 범람한다. 나도 안다. 너무 잘 안다. 사고로 가족을 잃은 사람은 그것을 누구보다 잘 안다. 그래서 과거의 내가 겪은 것과 같은 불행을 목격할 때면 지금 내가 얼마나 행복한 삶을 살고 있는지 다시금 깨닫는다. 하지만 타인의 불행을 내 행복의 근거로 삼는 건 못난 짓이고 몹쓸 짓이다. 그래서 난 그런 마음이 들 때마다 부랴부랴 그 감정의 방향을 튼다. 너의 안온한 일상을 당연시하지 말라는, 안일한 나를 향한 다짐과 경고로.

그런데 이런 상황을 반복적으로 겪다 보니 이젠 이게 어떤 우울감인지도 잘 모를 때가 있다. 그래서 그때마다 필사적으로 내 감정을 번역하려 든다. 나 같은 부류는 지금 겪는 감정의 원인이 뭔지 정확히 파악해야 마음이 놓이고 그다음 대책을 찾을 수 있다. 이럴 땐 우울감이라는 번역문을 두고 역번역으로 원문을 더듬어 찾는다. 어떤 원문이기에 이런 우울한 번역문으로 이어졌는가 하고. 더듬더듬 거슬러 찾아낸 원문은 죄책감이었다. 내 일상의 가치를 깨닫는 것조차 죄스럽고 죄책감이 느껴진다는 거다. 누군가는 이미 철저하게 빼앗겼거늘 나 혼자 귀중하다 어여삐 여기며 누리고 있는 게 몰염치하고 비인간적인 짓으로 느껴진다.

아빠 표정이 어두운 걸 눈치챈 건지 아이가 옆에 와서 까르르 웃으며 장난을 친다. 나름 애써 아빠를 웃기려는 아이의 재롱을 봐도, 빨갛게 예쁜 딸기를 봐도 마음이 무겁다. 세상 사랑스러운 아이를 보니 오히려 눈시울이 붉어진다. 이 마음을 어떻게 해야 할지 잘 모르겠다. 가능하다면 일도 다 미루고 한 며칠 틀어박혀 뭐든 끄적이고 싶다. 머리가 다 비워질 때까지. 아무 관계도 없는 사람들이지만 위로의 말을 건네고 싶다. 아마 다들 나 같은 심정이라 일면식도 없는 타인의 빈소를 찾아 헌화를 하고 유족을 위로하는 걸 거다. 나도 유족들께도 뭐라 위로할 말이 있으면 좋겠는데 아무리 찾아도 감히 찾을 수가 없다. 늘 그렇다. 마흔 줄을 넘어 쉰을 향해 가는데 아직도 빈소에 가면 어른스러운 위로의 말을 하지 못한다. 낙심한 친구에게 위로가 될 말을 간신히 찾아 준비해 가도 막상 친구를 보면 손을 잡고 입을 힘줘 닫고 있을 뿐이다. 입을 여는 순간 울어 버릴 것 같아 몇 번씩 연습한 어른스러운 위로는 한 자도 꺼내지 못하고 필사적으로 입을 꾹 닫는다. 그마저도 얼굴을 오래 보지 못한다. 그 어른스럽지 못함이 들켜 버릴까 봐.

　나이에 비례해 자연스레 여러 죽음을 목격한 사람으로서, 가족을 잃어 본 사람으로서 좋은 위로의 말을 찾을 수 있으면 좋으련만 아직도 어렵다. 아니다. 애초에 좋은 위로의 말이라는 게 존재하는지도 의문이다. 격과 식을 갖춘 말이야 있겠지만 온전히 마음을 달래 줄 수 있는 마법 같은 위로의 말 따위는 세상에 존재하지 않는다. 그래서 난 이번에도 위로의 말을 찾지 못하고 종일 먹먹하다. 그저 어울리지 않게 딸기가 담긴 유리그릇을 한 손에 들고 부엌에 서서 같이 울어 주는 것 말고는 할 수 있는 게 아무것도 없다. 개인적인 행복과 타인의 불행을 동시에 마주하는 순간에도, 때로는 죄책감으로 때로는 감사함으로 삶을 이어간다. 삶은 이토록 모순적이고 불가해하다. 감히 번역해 낼 수 없을 만큼.

　제주항공 여객기 사고 희생자분들의 명복을 빌며, 유족분들의 슬픔을 함께합니다.

애초에 좋은 위로의 말이라는 게 존재하는지도 의문이다.

격과 식을 갖춘 말이야 있겠지만 온전히 마음을 달래 줄 수 있는

마법 같은 위로의 말 따위는 세상에 존재하지 않는다.

그래서 난 이번에도 위로의 말을 찾지 못하고 종일 먹먹하다.

조금만 더 믿어 보라고

어스름한 저녁쯤 산책을 나왔는데 세상 시름을 다 떠안은 얼굴로 계단을 오르는 여자가 보인다. 1980년대 아파트에서나 볼 법한, 건물 측면 외벽에 지그재그로 붙어 있는 계단이다. 나는 그 여자의 표정이 암시하는 게 어딘가 불길해서 나도 모르게 옆 건물의 계단을 따라 올라가며 그 여자를 주시했다. 옆 건물은 여자가 오르고 있는 건물과 쌍둥이처럼 똑같아 계단도 구조가 같았다. 마침 같이 산책 나왔던 아내와 딸도 이유를 묻지도 않고 나를 따라 올라왔다.

그 여자의 얼굴은 누가 봐도 생을 포기한 표정이다. 이대로 옥상에 다다르면 뛰어내릴 것이 분명했다. 나는 어째야 할지 몰라 그저 옆 건물에서 따라 올라갔다. 어째선지 경찰에 신고할 생각이나, 밑에서 받아야 한다는 생각이나, 저 계단으로 쫓아 올라가 막아야 한다는 생각엔 이르지 못했다. 그저 이 방법밖에 없다는 듯이 조심스레 옆을 바라보며 여자의 속도를 맞춰 따라 올라갔다. 드디어 옥상이다. 긴장이 고조되는 순간, 옆을 쳐다보니 천만다행으로 저쪽 옥상에 사람들이 몇 명 몰려 있다. 누가 올라와 있을 시간이 아닌데. 저 멀리에서 터지는 불꽃놀이를 구경하는 것 같다. 여자는 당혹스러운 표정이다. 나는 애초에 누가 떠맡기지도 않은 책임과 죄책감을 건너편 옥상 사람들에게 떠넘기고 그제야 한숨을 내쉬었다.

한숨을 내쉬며 뒤를 돌아보니 내 뒤를 따라 쫓아 올라온 사람은 내 가족만이 아니라 꽤 여럿이었다. 그들도 건너편 여자를 주시하다가 나처럼 안도의 한숨을 내쉬었다. 나와 같은 이들. 이제 위기는 벗어났다. 저 여자가 어떤 행동을 취하든 우리가 할 수 있는 것은 없다. 다행이다 생각하며 아이와 불꽃놀이를 구경하는데 어느샌가 내 손에 가루처럼 바스러져 날아가는 향 종이가 들려 있다. 향이고 뭐고 이런 것엔 문외한이면서 어쩐지 이 향엔 죽고자 하는 열망을 누그러뜨리는 진정 효과가 있다는 잡지식이 떠오른다. 내가 이런 것도 알았나. 그 종이는 내 손에서 조금씩 바스러져 바람을 타고 옆 건물 옥상으로 날아갔다. 마치 그 여자의 코끝을 정조준한 것처럼. 이게 무슨 일인가 싶어 주위를 둘러보니 날 따라 올라온 사람들의 손마다 그 종이가 들려 있었다. 내 아내와 딸의 손에도. 하나같이 뭔가 숭고한 소원을 비는 사람의 표정이다. 누군가를 살리고자 하는 표정이다. 그 사람들의 종이도 이내 바스러져 석양을 타고 옆 건물 옥상으로 천천히 날아갔다.

여기서 잠을 깼다. 너무 생생하고 희한한 꿈이라 허겁지겁 휴대폰을 집어 들고 기억나는 대로 적기 시작했다.—독자들을 낚고자 쓴 건 아니니 용서해 주시기를— 나같이 염세적인 사람이 이런 꿈을 다 꾸고 별일이다. 인류애가 하루가 다르게 소진되어 바닥을 드러내고 있는 요즘, 이런 꿈을 꾼 건 필시 시사하는 바가 있을 거다. 세상이 각박해졌다는 말을 언제부터 들었을까. 생각해 보니 최근도 아니고 자라면서 꾸준히 들어온 얘기다. 20년 전에도, 30년 전에도 세상이 각박해졌다는 얘기는 늘 있었다. 지금 세상이 더 각박해진 것인가 하면 그것도 아닌 것 같다. 기억 보정이 있을 뿐이지 솔직히 어린 시절에도 정이 넘치는 사회는 아니었다. 애초에 타인을 생각하는 사람은 늘 타인을 생각했고 매정한 사람은 늘 매정했다. 그런데 매정한 사람이라고 평생 매정한 것도 아니다. 어느 순간엔 정을 베풀 줄 아는 사람이 되기도 하고 어느 순간엔 다시 찬바람 쌩쌩 부는 얼굴을 하기도 한다. 정이 넘치고 따스한 시대가 따로 있는 게 아니라 때때로 개인들이 따스함을 비추는 순간들이 있고 그 순간을 운 좋게 많이 누린 사람은 그 시대를 따스하게 기억하는 걸 거다.

나의 온기를 나누거나 타인의 온기를 인식하는 것은 감각의 영역 같기도 하다. 나의 온기가 필요한 순간을 포착하는 것도, 외부의 손길이 계산 없는 온기라는 것을 판단하는 것도 감각이다. 감각이란 건 쓰지 않으면 오래된 피아노 건반처럼 언젠가 굳어 버린다. 우리는, 특히 요즘의 나는 그게 어떤 감각이었는지 가물가물하다. 요즘처럼 세상에 환멸이 드는 사건을 연속으로 겪으면 가뜩이나 무뎌진 그 감각이 아예 잠들어 굳어 버리는 기분이 든다. 다시는 깨어나지 않을 것처럼. 그래서 이런 꿈을 꿀 때면 내 안의 뭔가가 그 감각을 깨우려 필사적으로 애쓰고 있다는 생각을 한다. 조난당해 혹한의 설원에서 꾸벅꾸벅 조는 내게 여기서 잠들면 안 된다고 애타게 뺨을 두드리는 친구 같은 존재가 내 안에 있는 것만 같다.

"아직 세상엔 좋은 사람들이 있어. 우리는 그저 온기를 나누고 온기를 느끼는 법을 잠시 잊은 것뿐이야. 조금만 더 믿어 봐."

내 무의식이 말하는 것만 같다.

오역하는 말들

초판 1쇄 발행 2025년 5월 30일
초판 2쇄 발행 2025년 6월 2일

지은이 황석희
펴낸이 허정도
편집장 임세미
책임편집 한지은
디자인 용석재
마케팅 신대섭 김수연 배태욱 김하은 이영조
제작 조화연

펴낸곳 주식회사 교보문고
등록 제406-2008-000090호(2008년 12월 5일)
주소 경기도 파주시 문발로 249(10881)
전화 대표전화 1544-1900 주문 02)3156-3665 팩스 0502)987-5725

ISBN 979-11-7061-259-9 (03810)
책값은 표지에 있습니다.